Die
drei
!!!

Abenteuer-Küsse

Kari Erlhoff

KOSMOS

Umschlagillustration von Ina Biber, Gilching
Umschlaggestaltung von Sabine Reddig

Unser gesamtes lieferbares Programm und viele weitere Informationen zu unseren Büchern, Spielen, Experimentierkästen, Autoren und Aktivitäten findest du unter **kosmos.de**

Weitere Bände dieser Reihe siehe S. 176

Gedruckt auf Cradle to Cradle Certified™ Munken Papier

ISBN 978-3-440-17081-6
Redaktion: Lea Hille
Lektorat: Claudia Müller
Satz: DOPPELPUNKT, Stuttgart
Produktion: Alicia Kaufmann
Druck und Bindung: Finidr, s.r.o., Český Těšín
Printed in Czech Republic / Imprimé en République tchèque

Abenteuer-Küsse

Ein magischer Moment

Franzi Winkler erkannte den Fehler zu spät. Jetzt hatte sie den Salat – oder besser gesagt: den Mist. Sie starrte auf die verkrusteten Reitstiefel, die gnadenlose Spuren auf T-Shirts, Socken und Unterwäsche hinterlassen hatten. Man durfte beim Packen eben nicht träumen.

Gerade war Franzi in Gedanken bei der Eule Matilda gewesen. Sie hatte im Sommer geholfen, das verletzte Tier gesund zu pflegen. Dabei war es ihr ans Herz gewachsen. Seit Matilda wieder in Freiheit lebte, hatte sie sich immer seltener blicken lassen. Der letzte Besuch war schon so lange her, dass sich Franzi Sorgen machte.

Seufzend nahm sie die Stiefel wieder aus der Reisetasche und griff nach einem Jutebeutel. Darin waren ihre Reitsachen definitiv besser aufgehoben. Ab jetzt würde sie sich besser konzentrieren. Zum Glück konnte man den trockenen Dreck einfach abschütteln. Franzi nahm sich die Packliste vor. Hatte sie jetzt alles für die Woche auf dem Ponyhof? Ihre Mutter hatte unter die Notizen noch *warmer Pullover* und *lange Unterhose* gekritzelt. Dabei herrschten sonnige Temperaturen um die achtzehn Grad. Vielleicht befürchtete Frau Winkler, dass es im Mittelgebirge nachts kalt werden könnte.

Franzi zuckte zusammen, als ihr Handy wieherte – eine Originalaufnahme ihres Ponys Tinka. Es war Paul, der Praktikant aus der Tierarztpraxis der Winklers.

»Hi, Franzi«, sagte er gut gelaunt. »Wir werden die Ferien gemeinsam verbringen!«

»Echt?«, fragte Franzi verdattert.

»Ja, dein Vater hat vorhin zugesagt: Ich kann bei euch jobben. Klasse, oder?«

»Äh, ja ...«, begann Franzi zögerlich. »Also ...«

»Lass mich raten. Blake ist eifersüchtig?«

»Das ist es nicht«, erklärte Franzi. »Er weiß doch, dass wir einfach nur Freunde sind. Aber ich fahre nach Wilderode, auf einen Ponyhof.«

»Was willst du denn da?«, fragte Paul. »Du hast schließlich ein eigenes Pony.«

»Schon, aber ich habe eine Reise für zwei Personen gewonnen«, erklärte Franzi stolz. »Es war der Hauptpreis in einer Pferdezeitschrift. Urlaub mit Reitunterricht, Ausflügen und Ferienprogramm. Das lasse ich mir nicht entgehen.«

»Eine Reise für zwei? Das wird schwierig bei einem Trio; und soweit ich mich richtig erinnere, sind Marie und Kim nicht gerade wild auf Pferde.«

Franzi lachte. »Das hat sich leider nicht geändert. Aber wie heißt es in dem alten Sprichwort so schön: Einem geschenkten

Gaul schaut man nicht ins Maul. Die Aussicht auf einen kostenlosen Urlaub hat Kim dann doch überzeugt. Marie darf natürlich nicht fehlen. Ihr Vater hat ihr die Reise spendiert.«

»Ich muss mich also allein um all die kranken Tiere auf eurem Hof kümmern, während du dich von der Detektivarbeit erholst«, sagte Paul gespielt vorwurfsvoll. »Also sieh besser zu, dass ihr drei am Ende nicht doch noch einen Hufeisendieb überführt oder eine falsche Reitlehrerin.«

Franzi lachte erneut. »Wir geben uns Mühe.«

Kurz nach dem Telefonat schickte Paul ihr noch eine Nachricht:

Was haben Hausaufgaben und Ponyhöfe gemeinsam?

Jede Menge Mist!

Haha. Viel Spaß bei der Stallarbeit!

Die nächste Nachricht kam von Blake. Er schickte erst einen Kuss-Emoji, dann den geheimnisvollen Text:

Melde mich später mit superguten Neuigkeiten!

Fast gleichzeitig meldete sich auch Marie Grevenbroich in der Messenger-Gruppe der drei !!!. Ein Foto von bunten Gummistiefeln wurde hochgeladen.

Kann ich die zum Reiten nehmen?

Wenig später wollte Kim wissen:

Muss ich überhaupt reiten, oder kann ich auch beim Unterricht zusehen?

Franzi antwortete sofort:
Will gleich mal nach Tinka und Polly sehen. Meine Lieblingstiere werde ich echt vermissen. ☹

Marie schrieb:
Blake nicht?!?

Das fragte sich offenbar auch Kim:
Und Blake?

Franzi tippte:
Den auch. Aber der zählt wohl kaum als Lieblingstier.

Die Antwort ließ nicht auf sich warten:
Ich vermisse David jetzt schon. ☹

Von Marie kam die Nachricht:
Das ist hier ja Drama pur. Aber ich gebe es zu: Ich werde Holger auch vermissen.

Franzi lächelte und tippte:
Nur Holger? Nicht etwa auch ... Du-weißt-schon-wen ...

Marie hatte seit einiger Zeit auch Gefühle für Jakob – einen Freund von Holger. Aber sie wehrte sich dagegen, so gut es ging. Daher auch die energische Antwort:
Leute, ich habe mich für Holger entschieden!!!

Franzi beendete die Diskussion:
Das sind genau die richtigen Satzzeichen!!! Schluss mit dem Thema Liebe. Das wird mal eine nötige Auszeit für uns, Mädels. Also packt eure Sachen und seid morgen pünktlich am Zug.

Sie legte das Handy beiseite und spähte aus dem Fenster. Draußen war es bereits dunkel. Obwohl die Tage noch beinahe sommerlich waren, setzte die Dämmerung jetzt merklich früher ein. Franzi schlüpfte in ihre ausgetretenen Gummistiefel, steckte eine Möhre ein und warf sich die Stalljacke über. Dann trat sie auf den Hof. Tinka hörte sie schon von Weitem und begrüßte sie mit einem tiefen *Höhöhöhöhöm!*.
Das Huhn Polly war schon im Land der Träume. Trotzdem lugte Franzi noch einmal in den Hühnerstall. Das Bild, das sich ihr bot, war sehr friedlich. Die Hennen saßen aneinandergekuschelt auf ihren Stangen. Wovon Polly wohl träumte? Vielleicht von einem großen Berg Körner? Oder von den Schnürsenkeln, die sie mit großer Leidenschaft jagte?
Franzi holte die Möhre aus der Tasche und schlenderte zur Koppel. Erneut kam ein *Höhöhöhöhöm!* von Tinka. Aber da war auch ein weiteres Geräusch. Franzi hielt in der Bewegung inne. Sie kannte diesen Laut. Konnte es sein …? Angestrengt blinzelte sie in die Dunkelheit. Wo kam das Geräusch her? Endlich entdeckte sie den kleinen dunklen Umriss auf dem Weidezaun.
»Matilda!«, rief Franzi. Ihr Herz machte vor Freude einen Hüpfer. »Du bist zurückgekommen!«

Die Eule ließ es zu, dass Franzi näher kam.
»Du kennst mich noch, stimmt's?«
Matilda schien zu nicken. Franzi fühlte sich wunderbar, so allein in der Dunkelheit mit ihren Tieren, ganz verbunden mit der Natur. Die kühle Luft trug die Gerüche von nassem Gras und Erde zu ihr, vermischt mit dem Duft von Tinkas warmem Fell. Die letzten Grillen zirpten irgendwo im Gras hinter dem Stall und Matilda gab wieder dieses leise Eulenrufen von sich. Es war ein seltsamer Augenblick, beinahe magisch.

Später, als sie wieder in ihr Zimmer zurückkehrte, schickte sie ihren Freundinnen eine Nachricht:
Magischer Matilda-Moment! Sie hat mich eben besucht. Freu mich total! Schlaft gut!

Kaum hatte sie auf *Senden* gedrückt, als das Handy klingelte. Es war Blake. Schlagartig erinnerte sich Franzi daran, dass er eine gute Neuigkeit angekündigt hatte. Das hatte sie komplett verschwitzt.
»Überraschung!«, rief er, sobald sie abgenommen hatte. »Ich fahre morgen in den Urlaub.«
»Oh, cool!«, sagte Franzi und freute sich ehrlich für ihren Freund. »Wo geht es denn hin?«
»Wir verbringen die Ferien gemeinsam.«
»Echt?«, fragte Franzi verdattert. Das hatte sie heute doch schon einmal gehört.
»Ja, echt! Ich fahre mit dir nach Wilderode!«

Weltstadt Wilderode

Franzi fühlte sich überrumpelt. Sie verstand es selbst nicht ganz. Eigentlich war Blakes Überraschung doch schön. Sie bekam das volle Programm mit Ferien, Ponys, ihren besten Freundinnen und ihrem Freund. Trotzdem hatte sie bei der Abreise ein flaues Gefühl im Magen. Blake schien davon nichts zu merken. Er saß gut gelaunt mit ihnen im Zug.

»Willst du denn auch Reitunterricht nehmen?«, fragte Kim Blake, als die letzten Häuser der Stadt aus ihrem Blickfeld verschwanden. Draußen vor dem Fenster sausten nun grüne Hügel, Weiden und Waldstücke vorbei. »Ich meine, du …« Sie lief rot an.

Franzi vermutete, dass es ihrer Freundin taktlos vorkam, den Reitunfall zu erwähnen. Blake hatte sich vor ein paar Jahren bei einem Sturz vom Pferd so schwer verletzt, dass er auf einen Rollstuhl angewiesen war. Inzwischen erbrachte er damit sportliche Höchstleistungen – immer auf der Suche nach neuen Herausforderungen.

»In Wilderode geht das«, sagte Blake gelassen. »Deshalb bin

ich ja überhaupt erst auf die Idee gekommen, Franzi zu begleiten.«
Franzi nickte zögerlich. »Auf dem Hof gibt es ein Pony, das für therapeutische Zwecke ausgebildet wurde, und sie haben ein barrierefreies Gästezimmer im Erdgeschoss.«
»Rollstuhlfahrer willkommen.« Blake grinste. »Es wird Zeit, dass ich den Unfall überwinde und mich wieder auf ein Pferd schwinge. Wenn es nicht klappt, kann ich ja das düstere Geheimnis des Bergwerks lösen, während ihr hoch zu Ross die Gegend erkundet.«
»Ein Bergwerk mit einem düsteren Geheimnis?« Kim horchte auf.
Auch Marie spitzte die Ohren und sah von dem Hochglanzmagazin auf, in dem sie geblättert hatte.
»Sagt bloß, ihr wisst gar nichts darüber?«, fragte Blake erstaunt.
Franzi zog die Augenbrauen hoch. »Du kannst unsere Wissenslücke doch bestimmt füllen.«
»Ich hoffe, ihr werdet euch nicht zu sehr fürchten«, sagte Blake mit gespieltem Ernst. Er räusperte sich. »In irgendeinem Jahrhundert, das extrem lange zurückliegt, begannen die Wilderoder, Erz zu fördern. Ich glaube, es war auch Silber dabei. So entstand die Grube *Kalter Wolf*. Das Bergwerk ist inzwischen geschlossen, aber der Legende nach geht dort bis heute ein ruheloser Geist um. Verflucht ist die Grube natürlich auch. Es muss sich ja lohnen.«
»Im Bergbau kam es seit jeher zu Unfällen«, erklärte Kim

sachlich. »Und die dunkle, gefährliche Umgebung ist der perfekte Nährboden für Aberglauben.«

»Da werden dir die Menschen in Wilderode widersprechen.« Blake lachte. »Wenn die einen Wolf sehen, bekommen sie kalte Füße. Für die Bergleute war es ein Omen des Todes.«

»Wie gut, dass ich Stollen nur als Gebäck mag«, entgegnete Kim. »Mir reicht es ja schon, dass ich Reitunterricht bekomme. Das Bergwerk erspare ich mir.«

»Sag bloß, ihr könnt dem Ruf des Goldes widerstehen?«, fragte Blake. »Verborgene Schätze in der Tiefe, Rubine, Smaragde, Opale …«

»Wie sollen die denn in eine Erzmine gelangen?«, konterte Kim. »Soweit ich weiß, kommen Opale aus Übersee – zum Beispiel aus Australien.«

Blake gab nicht auf. »Dann eben ein hübscher Erzklumpen?«

»Was ist Erz überhaupt?«, fragte Franzi.

»Dings mit Metall drin«, sagte Blake.

»Dings?«

»Ja, was weiß ich. Gestein oder so was.«

»Hast du einen Clown gefrühstückt?« Franzi knuffte ihren Freund sanft in die Seite.

Blake war grundsätzlich gut gelaunt, aber heute wirkte er direkt überdreht. Konnte es sein, dass er insgeheim Angst vor dem Urlaub hatte und seine Unsicherheit überspielen wollte? Einen so schweren Reitunfall vergaß man schließlich nicht einfach. Es brauchte viel Mut, um wieder in den Sattel zu steigen. Besonders, wenn man es unter erschwerten Bedingungen tat. In ei-

nem ruhigen Moment würde sie ihn darauf ansprechen. Jetzt, vor ihren Freundinnen, war nicht der richtige Moment.
Kim klappte nun auch einen Krimi auf und Marie studierte weiter ihr Magazin.
Blake legte seinen Kopf auf Franzis Schulter. »Das wird ein toller Urlaub.«

Um kurz nach elf fuhr der Zug in den Bahnhof einer Kleinstadt ein. Franzi spähte aus dem Fenster und entdeckte auf dem Bahnsteig eine hochgewachsene Frau. Sie trug eine herzförmige Sonnenbrille in der blondierten Lockenpracht. Ein Look, der noch von ihrer pinken Weste und silbernen Cowboystiefeln überboten wurde. Von der Aufmachung her hätte sie die Leiterin des örtlichen Barbie-Fanclubs sein können. Das handgemalte Schild in ihren Händen sprach jedoch eher dagegen. Es trug die Aufschrift *Ponyhof Wilderode*.
»Na, da sind ja meine Gäste!«, rief sie, als die drei !!! hinter Blake die Rollstuhlrampe des Zuges hinabstiegen. »Ich bin Tiffany Schierke, kurz Tiffy – nicht Fanny.«
Frau Schierke führte sie zu einem alten Kleinbus, der im Halteverbot parkte. Voller Energie packte sie mit an, als es darum ging, die Taschen in den Kofferraum zu laden. Für Blake klappte sie eine Rampe aus, damit er bequem in den Bus fahren konnte.
»Ihr seid diese Woche unsere einzigen Gäste!«, verkündete sie, als sie kurz darauf den Motor startete. »Aber meine Kids haben auch gerade Ferien. Da wird es für euch bestimmt nicht langweilig.«

Eine gute halbe Stunde später erreichten sie Wilderode. Links und rechts von der Hauptstraße stiegen bewaldete Hügel an. Riesige Berge wie in den Alpen suchte man hier vergeblich, aber dennoch gab es die eine oder andere Felsenklippe, die zwischen den dunkelgrünen Fichten herausragte.
Zunächst fuhren sie an ein paar Firmen und Lagerhallen vorbei, die dann von Wohnhäusern mit roten Schindeldächern abgelöst wurden. Franzi bemerkte, dass einige Gebäude leer standen. Auch die Feuerwehrstation an der Hauptstraße sah aus, als wäre sie seit einigen Jahren nicht mehr in Betrieb. Bei einem Wegweiser aus Holz setzte Tiffy Schierke den Blinker und bog rechts ab. Franzi konnte gerade noch die Aufschrift *Grube Kalter Wolf* lesen.
»Geht es hier zum Bergwerk?« Offenbar hatte Blake das Schild ebenfalls entdeckt.
»Ja, genau«, sagte Tiffy Schierke, während sich der Kleinbus geräuschvoll zwischen grünen Weiden den Berg hinaufarbeitete. Ein paar Ponys grasten zwischen den Wildblumen. »Von uns aus kann man zu Fuß zum *Kalten Wolf* rübergehen. Bestimmt führen Alex und Sindra euch mal hin. Vorerst ist hier Endstation der Reise. Wir sind da. Home, sweet Home.«
Kurz unterhalb des Waldrandes befand sich eine Ebene, die gerade genug Platz für einen urigen Bauernhof bot. Ein Fachwerkhaus mit rotem Schindeldach drängte sich an einen alten Stall, eine längliche Halle und eine Scheune aus dunklen Holzbalken.
»Wir müssten mal renovieren«, sagte Tiffy Schierke. »Aber

mit etwas gutem Willen geht das auch als Shabby Chic durch; ist halt alles etwas älter – bis auf die Kids. Die sind jung und fit.«

Ein etwa sechzehnjähriges Mädchen fegte den kleinen Vorplatz und ein Junge im Alter der drei !!! kam gerade mit einer Schubkarre aus der Stalltür.

»Wir sind da!«, tönte Tiffy Schierke aus dem Autofenster. »Alle Mann anpacken!«

Der Junge grinste. »Willkommen in der Weltstadt Wilderode. Ich bin Alex und das ist meine Schwester Sindra.«

Franzi stutzte. Sie musterte Alex genauer. War er überhaupt ein Junge? Auf den zweiten Blick konnte Alex auch ein Mädchen sein. Hieß Alex am Ende gar nicht Alexander, sondern Alexandra? Franzi wollte nicht unhöflich wirken und erwiderte den Gruß freundlich. Dabei versuchte sie weiterhin, Alex richtig einzuordnen. Für einen Jungen hatte Alex eine etwas zu hohe Stimme, für ein Mädchen war sie recht tief. Abgesehen davon fielen Franzi die dunklen Ringe unter Alex' Augen auf. Da hatte wohl jemand wenig Schlaf abbekommen.

»Dürfen wir uns gleich den Stall ansehen?«, fragte Blake.

»Klar, aber die Ponys sind jetzt auf der Weide«, antwortete Alex und gähnte. »Sorry, ich habe heute Nacht viel zu lange gelesen.«

Sindra machte ein seltsames Geräusch. Sie warf Alex einen Blick zu, den Franzi nur schwer deuten konnte. »Mach du die Stallführung. Ich habe noch zu tun.«

»Das Böse abwenden?«, fragte Alex mit einem schiefen Grinsen.

»Misch dich da nicht ein. Ich weiß doch, was du …« Sindra

hielt mitten im Satz inne und sah zu ihrer Mutter hinüber. »Vergiss es einfach. Ich bin zum Lagerfeuer wieder zurück.«

»Was war das denn eben?«, fragte Marie verwundert, als Sindra auf einem Mountainbike vom Hof fuhr.

Alex rieb sich verlegen den Nacken. »Es ist eine komplizierte Geschichte. Wollt ihr jetzt den Hof anschauen?«

Marie nickte, aber so schnell wollte Kim das Thema nicht aufgeben. »Gibt es hier denn etwas Böses, das abgewendet werden soll.«

»Keine Angst.« Alex lachte matt auf. »Das war doch nur ein Scherz.«

»Und was ist mit der Legende vom *Kalten Wolf*?«, hakte Blake nach.

»Du hast davon gehört?« Alex wirkte zunehmend angespannt, so als hätte Blake mit seiner Frage ins Schwarze getroffen. »Das musst du nicht ernst nehmen. Es ist nur ein Schauermärchen. Also kommt.«

Gemeinsam betraten sie das alte Stallgebäude. Franzi atmete tief ein. Im staubigen Zwielicht roch es vertraut nach Pferden, Heu, Stroh und altem Holz. Eine rötliche Katze streifte gemächlich um die Boxentüren und eine schwarze Katze hatte sich in eine Satteldecke gekuschelt und schlief. Der Stall war wirklich etwas heruntergekommen, strahlte jedoch eine herrliche Gemütlichkeit aus. Das galt auch für das Wohnhaus. Zwischen den rustikalen Möbeln schimmerte immer wieder Tiffy Schierkes schriller Geschmack durch. Mal war es ein LED-Regenbogen auf einer alten Bauernkommode, mal ein Poster von Flamingos unter Palmen – zwischen zwei Ölgemälden mit Landmotiven. Unter einer Lichterkette in Zitronenform prangte der gestickte Spruch *Glückauf!*.

»Der Gruß der Bergleute«, erklärte Blake.

»So spricht der Fachmann.« Marie grinste. »Gib es zu: Du findest die Grube viel spannender als die Ponys.«

»Das stimmt nicht! Aber es wäre schon toll, wenn wir den *Kalten Wolf* besichtigen könnten. Darf man das Gelände überhaupt betreten?«

»Hm.« Alex rieb sich erneut den Nacken. »Eigentlich nicht. Bis vor Kurzem war es jedenfalls streng verboten. Der alte Hoppendiezel hatte alles abgeriegelt.«

»Und das hat sich geändert?«, hakte Marie nach. Alex' Zurückhaltung schien nicht nur Kims Neugier zu wecken.

»Herr Hoppendiezel ist gestorben«, sagte Alex. »Sein Neffe hat das Grundstück und den Eingang zur Grube geerbt. Er sieht alles etwas lockerer. Die Absperrungen sind weg und es gibt Pläne für ein Museum.«

Tiffy Schierke lugte durch die offene Küchentür. »Wenn das klappt, wird der Tourismus in Wilderode wieder angekurbelt. Das wäre super.«

Alex zuckte mit den Schultern. »Das sieht Sindra aber anders. Und Ernchen dreht uns noch durch. Die Rentner im Ort hat sie schon auf ihrer Seite. Und der Rest haut doch eh früher oder später in die Städte ab. Dann können wir auch dichtmachen.«

»Alexandra!« Frau Schierke sah bestürzt aus. »Darf ich dich daran erinnern, dass unsere Gäste zuhören?«

»Ich bin nur ehrlich.«

»Wer aufgibt, hat verloren«, sagte Tiffy Schierke energisch. »Ich werde heute mal ein Wörtchen mit Ernchen reden.«

Geheimes Tagebuch von Kim Jülich
Samstag, 16:30 Uhr

►Super geheim! Wer das ohne meine Erlaubnis liest, soll vom Reiten Pickel am Po bekommen.◄

Ich kann es noch immer nicht fassen! Franzi hat mich doch tatsächlich überredet! Ich mache Reiterurlaub, auf einem Ponyhof. Noch dazu einem Ponyhof, der neben einem Bergwerk liegt. Es geschehen noch Wunder. Ich weiß gar nicht, was ich unheimlicher finde: enge, dunkle Gänge im Berg oder Pferde.

Dabei ist Wilderode einer dieser wildromantischen Orte mit hohen Tannen, Brombeerranken und alten Scheunen, in denen garantiert Eulen nisten – ein Dorf wie aus dem Märchen. Ich wünschte, David wäre auch hier! Franzi hat echt Glück, dass Blake sie begleitet. Ich hingegen bin schon richtig auf Kuss-Entzug! Seit David jedes zweite Wochenende bei seinem Vater verbringt, haben wir viel zu wenig Zeit zusammen. Sogar unsere Schreibprojekte kommen zu kurz. Dafür darf ich jetzt den ersten Roman meiner Brüder lektorieren. Kein Scherz! Ich kann es selbst nicht fassen: Ben und Lukas wollen Bestsellerautoren werden. Natürlich soll es nicht bei dem Roman bleiben. Sie malen sich schon aus, wie ein Streaming-Dienst die Geschichte verfilmt und große Spielefirmen die Rechte haben wollen. Man darf ja träumen, aber bislang ist das Werk erst zehn Seiten lang. Ich soll es während der Ferien lesen und die Fehler ausbessern. Bei der Rechtschreibung habe ich echt viel zu tun. Ernsthaft: Haben die im Deutschunterricht jemals gelernt, dass es Regeln gibt? Hier mal eine Kostprobe:

Da saen die drei Detektiwe eine Gestalt, oben bei einer Höhle. Sie flitzte mit einem schraubenzieher zu einem der Haken, die da waren und montierte ihn ab. Sie sahen jetzt erst, das an dem Haken ein Seil dranhing, wo auch ein Bergsteiger dran war. Die dunkle Gestalt montierte das Seil ab und der Mensch fiel in die Tiefe. Die Detektiwe reagierten sofort. Armin lief foraus. Bendix dahinter und Tjark rannte ihnen hinterher. Gerade noch rechtzeitig kahmen sie an der Stelle an, an der sie glaubten, das der Mensch, der den Berg runterfiel, landen wird. Als sie den Mensch aufgefangen haben, gaben sie ihm die Visitenkarte von ihrem Detektiwklup.

Detektivtagebuch von Kim Jülich
Samstag, 17:00 Uhr

Einen Fall haben wir noch nicht, aber vielleicht gibt es hier ein Geheimnis ... oder gleich mehrere?

Unsere Gastgeber sind nett, besonders Frau Schierke, die wir Tiffy nennen sollen. Ihren Mann Uwe haben wir nur kurz getroffen. Er ist Elektriker und arbeitet erst nach Feierabend auf dem Hof. Obwohl die erwachsenen Schierkes pausenlos im Einsatz sind, wirken sie sehr entspannt. Dafür gab es zwischen den beiden Kindern dicke Luft. Sindra (die Ältere, ungefähr 16 Jahre) ist kurz nach unserer Ankunft abgedampft. War sie wütend? Oder eher beleidigt? Und was für eine böse Sache will sie angeblich abwenden? Alex (so alt wie wir) wollte nicht darüber sprechen. Sie gibt uns ebenfalls Rätsel auf. Ich glaube, es gibt etwas, das Frau Schierke nicht wissen darf. Sindra wollte etwas andeuten, hat dann aber doch nichts gesagt.

Blake interessiert sich auch für ein Geheimnis: ein Bergwerk, in dem es spuken soll. Etwas neugierig hat er mich schon gemacht. Darum habe ich eben im Internet nachgeforscht. Beim Kulturverein Wilderode bin ich fündig geworden. Unter dem Bergwald hier befindet sich angeblich ein wahres Labyrinth aus Stollen und natürlichen

Höhlengängen. 1920 wurde der Kalte Wolf endgültig stillgelegt. Die Erträge waren zu gering und es gab zu viele Einstürze auf den tieferen Ebenen. Die Grube ist nach dem Ritter Wolfgang vom kalten Berg benannt. Er war ein sogenannter adeliger Plakerer – so etwas wie ein Raubritter. Die Historiker behaupten, dass er 1171 starb, die Legenden behaupten, er würde als Untoter ruhelos im Berg hausen und einen Schatz bewachen. Ab und zu kommt er an die Oberfläche, was als schlimmes Zeichen für einen drohenden Unfall im Bergwerk gesehen wurde. Das klingt nach einer guten Gruselgeschichte, aber nicht nach einem Fall für die drei !!!.

Der Fluch des Kalten Wolfs

Die Holzscheite knackten. Kleine rote Funken stiegen in den dunklen Abendhimmel empor. In der Ferne gluckerte ein Bach. Franzi lehnte sich zurück, eine Tasse dampfenden Früchtepunsch in der Hand. Schierkes hatten am Berghang hinter dem Haus eine Feuerschale aufgestellt. Es gab heiße Getränke, ein kaltes Buffet und dazu Stockbrote. Franzi genoss die unwirkliche Stimmung. Der Rauch des Feuers überdeckte den intensiven Geruch des Waldes. Jetzt, wo die Sonne hinter den Bergrücken versunken war, drang die herbstliche Kühle zu ihr durch – gerade so weit, dass es mit einem heißen Getränk am Lagerfeuer noch bequem war.

Franzi blickte in Blakes Gesicht, das vom Feuerschein erhellt war. Seine Augen wirkten in der Dunkelheit beinahe schwarz, bis auf die winzigen goldenen Lichtreflexe des Feuers. Er erwiderte ihren Blick so intensiv, dass die Schmetterlinge in Franzis Bauch flatterten. Worte aus einem Gedicht fielen ihr ein: *Lass mich in deinem Blick verweilen. Sekunden, Stunden, ein ganzes Leben lang*. Genauso fühlte es sich an. Langsam gewöhnte sie sich an den Gedanken, dass sie diesen Urlaub gemeinsam verbrachten. Je mehr sie darüber nachdachte, desto schöner wurde die Aussicht auf die gemeinsame Zeit mit Blake. Ihre Freundinnen vermissten die Jungs doch jetzt schon. Sie hingegen saß nur ein paar Meter von ihrem Freund entfernt.

»Alles okay?«, fragte Kim gerade. Sie meinte offenbar Marie, die ihr Handy gezückt hatte.

»Hm«, machte Marie halbherzig.

Ob sie wohl eine Nachricht von Holger erwartete oder eine Nachricht von Jakob? Was für ein Gefühlschaos! Jakob war schließlich ein Freund von Holger. Das konnte einfach nicht gut ausgehen.

»Einen schönen guten Abend!« Uwe Schierke trat mit einem Mann ans Feuer. »Das ist unser Freund und angehender Museumsdirektor Björn Bode und das sind unsere neuen Feriengäste.«

»Sehr erfreut«, sagte Björn Bode. Mit seinem braunen Tweedjackett, der Hornbrille und einer altmodischen Ledertasche verkörperte er das lebende Klischee eines Gelehrten. Hier am rustikalen Lagerfeuer wirkte er etwas fehl am Platze. Er lächelte betreten. »Angehender Museumsdirektor klingt zu schön. Ich hoffe, der Traum wird Wirklichkeit.«

»Ach, lass dich durch all die Anträge und Auflagen nicht entmutigen, Björn«, sagte Tiffy Schierke aufmunternd.

»Und den Rest bekommst du auch hin«, fügte Uwe Schierke hinzu. »Du bist der richtige Mann für das Museum. Und das Museum ist gut für Wilderode.«

Sindra brummte etwas Unverständliches.
Ihr Vater warf ihr einen strengen Blick zu. Doch dann wandte er sich an die Gäste. »Björn ist Historiker und außerdem der Vorsitzende des Kulturvereins. Er kennt sich bestens mit der Geschichte des Bergbaus aus und wird bestimmt auch viele junge Leute dafür begeistern können.«
»Mich nicht«, zischte Sindra.
»Sindra!« Herr Schierke straffte seine Schultern. »Sei nicht unhöflich!«
»Naturschutz und Tierschutz gehen vor!« Sindra hielt dem vorwurfsvollen Blick ihres Vaters stand. »Daher bin ich gegen das Museum! Es ist eine Zumutung für die Fledermäuse, die in den Stollen überwintern.«
»Du weißt, dass ich deinen Umweltclub sehr schätze und euch gerne unterstütze«, sagte Uwe Schierke. »Aber in diesem Fall könntest du dich etwas zurückhalten!«
»Sag doch gleich, dass du uns verdächtigst.« Sindra stand auf. »Ich gehe ins Haus. Hier draußen wird es mir zu autoritär.«
Herr Bode sah verlegen aus. »Ich glaub nicht, dass Sindra mich sabotiert.«
»Ihre Umweltgruppe wird radikaler«, meinte Herr Schierke.
»Da irrst du dich«, warf seine Frau ein. »Glaubst du wirklich, dass Sindra und ihre Freunde ihre Ziele auf kriminelle Art erreichen wollen?«
Herr Schierke seufzte. »Ich hoffe nicht.«
Kim hatte bisher schweigend gelauscht. Jetzt beugte sie sich neugierig vor. »Was ist denn das Problem?«

»Es gibt wohl einen Saboteur!« Björn Bode rückte niedergeschlagen seine Brille zurecht. »Erst ist ein Bund mit Ersatzschlüsseln verschwunden, dann eine alte Übersichtskarte. Die Batterien der neuen Grubenlampen waren über Nacht plötzlich leer, der Förderkorb streikte, und es kam auf dem Gelände zu mehreren Kurzschlüssen.«

»Also für mich klingt das nach unglücklichen Zufällen«, sagte Tiffy Schierke. »Du wirst den Schlüssel und die Karte verlegt haben und die Technik auf dem Grubengelände ist einfach nur alt. Dein Onkel hat in den letzten Jahrzehnten nichts mehr erneuert oder repariert. Kein Wunder, wenn die Sicherungen rausfliegen. Du brauchst nur einen guten Elektriker.«

»Und da komme ich ins Spiel«, sagte Uwe Schierke. »Wir bringen das System schon wieder zum Laufen. Dann steht dem Ausflug in die Tiefe nichts mehr im Wege.«

»Ausflug in die Tiefe?«, erklang eine brüchige Stimme aus der Dunkelheit. Alle fuhren herum. Eine schmale Gestalt löste sich aus den Schatten. Franzi sah unruhige Augen unter dichten weißen Augenbrauen.

»Ernchen, willst du, dass ich einen Herzkasper kriege?«, rief Frau Schierke. »Schleich dich nicht immer so an wie die letzte Märchenhexe.«

Franzi fand, dass die alte Frau tatsächlich aussah wie eine Märchenhexe. Die Feuerschatten auf ihrem runzeligen Gesicht verstärkten diesen Eindruck noch.

»Lasst den Wolf schlafen«, mahnte die alte Frau.

»Das ist Ernchen«, erklärte Tiffy Schierke. »Sie ist nicht nur

unsere Nachbarin, sondern auch Björns Mutter und die Cousine meines Vaters.«
»Und sie ist die Freundin von der Mutter von dem Cousin des Bruders eines Mitschülers von mir.« Alex lachte. »Für den Fall, dass euch die ganzen Beziehungen in Wilderode noch nicht kompliziert genug sind.«
Blake prustete los. »Mit anderen Worten: Jeder kennt jeden.«
»Genau.« Alex wandte sich an die alte Frau. »Das hier sind Marie, Franzi, Kim und Blake. Sie sind heute angekommen.«
Uwe Schierke rückte einen Stuhl für die alte Frau ans Feuer. »Bestimmt wollen unsere Gäste gerne die spannende Geschichte von *Kalten Wolf* hören.«
Die drei !!! und Blake nickten beinahe synchron.
»Wenn es euch davon abhält, diesen Schlund der Hölle zu betreten, dann soll es mir recht sein«, sagte Ernchen. Umständlich nahm sie Platz. »Und das gilt auch für alle anderen hier. Bleibt über Tage und verschließt die Schächte!«
»Mutti, ich wünschte, du würdest aufhören, allen Leuten Angst einzujagen«, sagte Björn Bode betroffen. »Du vertreibst mir am Ende ja noch die Besucher!«
»Also wir kommen trotzdem gerne«, sagte Blake leichthin.
Herr Bode drehte sich zu ihm um. »Aber natürlich. Die Meinung von jungen Leuten ist mir sehr wichtig. Das Museum soll ein Erlebnis für die ganze Familie sein; ich habe leider keine eigenen Kinder, die mir Tipps geben könnten.«
»Zählen Sie ruhig auf uns«, bot Kim an.
Die Sache mit der Sabotage ließ sie nicht los. Sie brannte da-

rauf, sich den Tatort anzuschauen – zumindest alles, was oberhalb der Grube lag.

Frau Schierke goss dem alten Ernchen unterdessen einen Früchtepunsch ein. Die starrte konzentriert ins Feuer. »Geht nie näher an die Mundlöcher heran, als ihr einen Stein werfen könnt! Nennt euch dort nie bei euren echten Namen, sonst kann der Wolf euch finden. Und seht beim Abschied niemals zurück.«

»Was für ein Hokuspokus«, sagte Björn Bode gutmütig.

Ernchen räusperte sich hörbar. »Mein Sohn denkt, die Wissenschaft kann alles erklären. Aber ihr wolltet die Geschichte des *Kalten Wolfs* hören. Die werde ich euch nicht vorenthalten. Sie beginnt im Mittelalter – noch bevor die Bergleute ihre tiefen Gänge in den Stein schlugen. Da gab es hier in der Gegend einen Ritter mit dem Namen Wolfgang vom kalten Berg. Er war ein Plakerer, der weithin für seine Raubzüge bekannt war. Angst und Schrecken begleiteten seinen Namen, doch ein paar mutige Männer stellten ihm eine Falle. Es kam zu einem Kampf, der die Grasebenen am Fuße der Berge rot färbte. Wolfgang wurde schwer verletzt. Dem Tod geweiht schwor er Rache und schleppte sich in den Wald am Berghang. Seine sterblichen Überreste wurden nie gefunden. Doch in derselben Nacht erschien seinen Feinden ein riesiger Wolf mit glühenden Augen. Ritter Wolfgang vom kalten Berg hatte die Gestalt einer Bestie angenommen. Seine Rache war furchtbar. Im letzten Licht des Vollmondes kletterte er durch einen Felsspalt in die Höhlen; dorthin, wo er als Plakerer seine Schätze lagerte. Er bewachte das, was er einst grausam erbeutet hatte. Kam jemand seinem

Reich zu nahe, ließ er Steine regnen, und manchmal krochen böse Wetter aus dem Stein, um die Bergleute zu ersticken.«

»Unter *bösen Wettern* versteht man giftige Gase«, erklärte Björn Bode.

Ernchen ignorierte die Unterbrechung. »Die Unterwelt von Wilderode gehört ihm. Man tut besser daran, ihn zu fürchten. Denkt immer daran: Wenn ein Wolf bei der Grube gesichtet wird, dann stirbt ein Bergmann.«

»Das ist nicht belegt, Mutti!«

»Es ist aber passiert.« Ernchen funkelte ihren Sohn an. »Denk nur an all die schlimmen Unfälle.«

»Das ist leider der Alltag im Bergbau«, sagte Uwe Schierke. »Es bleibt bis heute ein gefährlicher Job. Aber hier wird ja gar kein Erz mehr abgebaut. Es sollen doch nur ein paar Touristen auf sicheren, amtlich geprüften Wegen die Grubenluft schnuppern.«

»Mein Bruder war nicht so töricht!«, sagte die alte Frau mit finsterer Miene. »Walter hielt die Tore sorgsam verschlossen.«

»Aber das hatte doch mit der Legende nichts zu tun, sondern mit dem *Club der Wölfe*«, verteidigte sich Björn Bode.

Tiffy grinste. »Jetzt redest du aber von Legenden, Björn.«

»Ich sage ja nicht, dass es jemals einen *Club der Wölfe* gab, aber Onkel Walter hatte durchaus die berechtigte Sorge, dass Unbefugte aus Neugierde in die Grube einsteigen könnten.«

»Der *Club der Wölfe* ist keine Legende«, sagte Ernchen tonlos. »Schon meine Eltern haben mir davon berichtet. Es ein geheimes Bündnis; in jeder Generation ein Rudel aus sechs Mitgliedern. Fremde bei Tag, ein Rudel bei Nacht.«

»Und vermutlich vom *Kalten Wolf* gerade so eben geduldet«, sagte Uwe Schierke belustigt. Dann wurde er wieder ernst. »Wilderode ist eng mit solchen Märchen und Legenden verbunden, doch wir können nicht in vergangenen Traumwelten leben. Der Ort zerfällt. Jeder macht sein Ding und es fehlt an Perspektiven. Wir brauchen den Tourismus.«

»Tourismus!«, zischte das alte Ernchen. »Es reicht doch, dass die Holzwirtschaft mit ihren Maschinen den halben Wald ruiniert. Wenn da noch Skifahrer, Wandertruppen und diese Motorradheinis dazukommen, stürzt uns der Berg noch ein. Dann möchte ich die Rache des *Kalten Wolfes* nicht erleben!«

»Na, dann soll dieser Wolf mal mit einem amtlichen Schreiben um die Ecke kommen.« Frau Schierke lachte.

Björn Bode hingegen versuchte, sachlich mit seiner alten Mutter zu reden. »Mit dem Erbe des Grundstücks bin ich für das Bergwerk nun einmal verfügungsberechtigt – ganz im Gegensatz zu diesem Ritter, der seit hunderten von Jahren verstorben ist.«

»Verfügungsberechtigt«, schnaubte Ernchen. »So reden die Leute aus der Stadt, aber nicht mein Sohn!«

»Was soll ich denn tun, Mutti?«, fragte Björn Bode gequält. »Wieder zu dir ins Lebkuchenhaus ziehen und nicht vom Wege abgehen, damit der böse Wolf nicht kommt?«

Während die Erwachsenen aufgeregt weiterredeten, beugte sich Alex zu Blake und den drei !!!. »Ernchen ist nicht nur die erste Adresse für Schutzzauber und Traumdeutung, sie hat auch die seltene Gabe der Sicht. Sie kann übernatürliche Dinge spüren und die Zukunft sehen.«

Ernchen schien das gehört zu haben. Sie sah die Mädchen mit ihren durchdringenden Augen an. »Ich erkenne die voraus-eilenden Schatten von kommenden Ereignissen. Sie spiegeln sich im Wasser, klingen im Raunen des Waldes mit und deuten sich im Flug der Zugvögel an.«

Marie schien ehrlich beeindruckt. »Das finde ich sehr spannend!«

Ernchen sah sie bekümmert an. »Spannend? Nun, ich würde sagen, bedrohlich! Die Zeichen deuten die Rückkehr des Bösen an. Der *Kalte Wolf* wird Angst und Schrecken über alle bringen, die hier am Feuer versammelt sind! Firste stürzen ein, Fahrten brechen, Balken splittern und ein Regen aus kaltem Fels wird alles unter sich begraben.«

Eisige Blicke

Am nächsten Tag gab es ein fürstliches Frühstück mit krossen Brötchen, selbst gemachten Marmeladen und Eiern von Ernchens Hühnern. Während Sindra geistesabwesend in einem Notizbuch blätterte, starrte Alex müde vor sich hin.

Tiffy Schierke musterte ihre Kinder skeptisch. »Wo bleibt die gute Ferienstimmung?«

»Ach, Mama«, sagte Sindra genervt. »Lass mich wenigstens kurz meine Sachen erledigen. Ich bin doch eh schon mit Reitunterricht an der Reihe.«

»Meinetwegen«, gab Tiffy nach. »Heute Nachmittag seid ihr für das Ausflugsprogramm zuständig.«

»Ich kann nicht! Das muss Alex machen.«

Die zuckte mit den Achseln. »Schon okay. Ich habe nichts vor.«

»Können wir zur Grube reiten?«, fragte Blake sofort.

Alex wirkte nicht gerade begeistert, aber Tiffy Schierke lächelte. »Björn braucht dringend ein paar Anregungen. Sonst wird das Museum am Ende noch eine staubtrockene Ausstellung für Senioren. Aber die Ponys lasst ihr hier. Es ist ja nicht weit.«

»Gab es eigentlich auch Grubenponys im *Kalten Wolf*?«, wollte Franzi wissen. Sie hatte erst kürzlich einen Bericht darüber gelesen, dass es in einigen Bergwerken sogar unterirdische Stallungen gegeben hatte, da man die Tiere nicht ständig an die Oberfläche befördern konnte. Ein Glück, dass diese Zeiten vorbei waren.

»Im Hauptstollen und an den Pumpen haben Pferde gearbeitet«, erklärte Alex, »aber weiter unten im Bergwerk nicht. Die Schächte sind dafür zu eng und steil.«

Tiffy nickte. »Unsere Ponys können aber trotzdem für das Museum eingesetzt werden.«

»Leider.« Sindra sah von ihrem Notizbuch auf.

»Die sollen ins Bergwerk?«, fragte Franzi entsetzt.

»Oh nein«, wandte Tiffy Schierke ein. »Ich spreche von Ponyreiten auf dem Vorplatz.«

»Ponyreiten ist auch Quälerei«, murmelte Sindra.

Frau Schierke seufzte. Alex gähnte hinter vorgehaltener Hand. Dabei fiel Franzi frischer Schorf an ihrem Handrücken auf. Die Verletzung war kaum verheilt.

»Was ist dir da passiert?«, fragte Franzi.

Alex zog schnell den Pulloverärmel runter. »Ach ... das. Ist bei der Stallarbeit passiert.«

»Stallarbeit! Ich wette, das war eine Lüge«, sagte Franzi, als sich die Mädchen in ihrem Zimmer für die Reitstunde umzogen.

»Alex wollte definitiv nicht, dass Tiffy die Wunde sieht«, ergänzte Marie, während sie eine nagelneue Reithose aus dem

Koffer nahm. »Ich glaube, Alex hat noch eine zweite Verletzung am Rücken. Habt ihr gesehen, wie sie saß?«

»Ja«, sagte Kim. »So, als hätte sie eine Prellung oder eine Zerrung.«

»Ganz genau.« Marie nickte. »Das ist ziemlich verdächtig, wenn ihr mich fragt.«

»Wobei solche Verletzungen auf einem Reiterhof ja wirklich vorkommen können«, überlegte Franzi laut.

»Hoffentlich nicht jeden Tag!« Marie griff erneut in den Koffer. Sie hatte sich vor dem Urlaub eine kleine Shopping-Tour gegönnt.

Kim beließ es bei einer alten Jeans und Gummistiefeln. »Ich hätte übrigens gerne mal einen Blick in Sindras Notizbuch geworfen.«

»Meinst du, darin befinden sich Sabotagepläne?«, ächzte Marie, die sich nun hopsend in ein Hosenbein zwängte.

Franzi kicherte. »Schickes Outfit!«

»Kann man sich darin überhaupt bewegen?« Kim musterte ihre Freundin.

Die neue Reithose war nicht nur sehr rosa, sondern auch sehr eng. Doch nach ein paar Kniebeugen gab der Stretch-Stoff etwas nach. Marie vollendete ihren glamourösen Ponyhof-Look mit schwarzen Cowboystiefeln, einem pinken Hemd und einer taillierten schwarzen Reitweste. »Ich denke, wir können los.«

Franzi schnaubte. »Zur Modenschau oder zum Reitunterricht?«

Zehn Minuten später trafen sie sich in der Sonne vor dem Stall. Alex trug jetzt ein wasserabweisendes Pflaster. »Na, bereit?«

»Bereit«, sagte Marie, die in den neuen Hosen noch etwas stiefbeinig ging.

Alex grinste bei dem Anblick, ganz im Gegensatz zu Kim. Sie hatte unverkennbar Angst vor der Reitstunde. Und Blake? Franzi sah zu ihrem Freund hinüber. Er machte eine gute Figur in seinen alten Jeans und den kniehohen Chaps aus weichem Leder. Gerade lachte er über Maries großen Auftritt und gab sich betont locker. Damit mochte er andere täuschen, aber Franzi wusste, dass er aufgeregt war; vielleicht sogar noch aufgeregter als Kim.

Sindra legte der nervösen Kim sanft eine Hand auf die Schulter. »Wir suchen dir ein ganz liebes Pony für Anfänger aus. Außerdem erwarten wir nicht, dass du heute gleich im Galopp über Hürden springst.«

»Vorerst gibt es zwei Abteilungen«, erklärte Alex. »Zuerst reiten Blake und Kim, danach Marie und Franzi. Dann können wir euch genau beobachten und den Unterricht für die nächsten Tage planen.«

»Es wird auf jeden Fall märchenhaft«, versprach Sindra und grinste.

Was sie damit meinte, erfuhren die Gäste auf der Weide. Alle Ponys waren nach Märchenfiguren benannt. Sindra teilte Marie die hübsche Schimmelstute Dornröschen zu, Kim das zutrauliche Rotkäppchen und Franzi den frechen Wallach Rumpelstilzchen. Blake musste mit seinem Rollstuhl am Gatter bleiben. Während Alex für ihn einen kräftig gebauten Wallach namens Hänsel holte, blickte Blake ungewohnt finster drein. Doch beim anschließenden Putzen hatte er sichtlich Spaß. Auch Kim half mit, wenngleich etwas zögerlich.

Hänsel und Rotkäppchen wurden zuerst gesattelt, während Schneewittchen und Rumpelstilzchen in einer großen Box warteten. Neugierig begutachtete Franzi gemeinsam mit Blake den Spezialsattel von Hänsel. Er war so angefertigt, dass der Reiter nicht zu stark vor- und zurückrutschen konnte und die Beine genügend Halt hatten.

»Sieht gut aus«, meinte Franzi aufmunternd.

»Hm«, machte Blake. »Für unsportliche Reitanfänger vielleicht. Ich bin aber Extremsportler.«

»Beim Rollstuhlskaten, oder?«, fragte Alex.

Blake machte sich gerade. »Das nennt sich Wheelchair Motocross, abgekürzt WCMX. Wir brettern steile Pisten runter und machen krasse Tricks.«

Franzi sah sich rasch nach ihren Freundinnen um. Kim und Marie wirkten etwas verlegen. Sie taten so, als wären sie hoch konzentriert mit ihren Ponys beschäftigt. Franzi hatte nicht damit gerechnet, dass Blake so auftrumpfen würde. Wollte er etwa auf einem normalen Sattel reiten und erneut einen Sturz riskieren? Tatsächlich sah es danach aus. »Ich zeige in der Halfpipe vollen Einsatz, dann kann ich das auch hier!«

Sindra hob die Augenbrauen. Falls sie genervt war, unterdrückte sie es gerade vorbildlich. »Zeig uns, dass du es mit diesem Sattel schaffst. Dann können wir über die nächsten Tage reden.«

»Ich werde euch überzeugen«, erklärte Blake würdevoll. »Ab morgen kann ich sogar ohne Sattel reiten!«

Eine seltsame Anspannung lag in der Luft. Franzi saß auf einer Bank am Rand der kleinen Reithalle und drückte hinter ihrem Rücken die Daumen.

»Das wird schon gut gehen«, raunte ihr Marie zu. »Ich hoffe nur, dass Kim keine Panik bekommt.«

Mit eisernem Gesichtsausdruck ritt Kim im Schritt auf Rotkäppchen ihre Runden. Glücklich sah sie dabei nicht aus, aber Franzi stellte anerkennend fest, dass sie ihre Sache gut machte. Blake dagegen wirkte momentan nicht wie der Junge, der beim WCMX die Trophäen abkassierte. Er war jetzt beinahe grün im Gesicht.

»Bleib ganz ruhig sitzen«, empfahl Sindra mit einer ungewohnt sanften Stimme. »Lass die Schultern fallen und nimm ganz entspannt Kontakt zum Pferd auf.«

Hänsel hatte die Ohren aufgestellt und trottete ruhig voran, von entspanntem Kontakt konnte jedoch nicht die Rede sein. Blakes Hände zitterten. Er hielt die Zügel zu straff, was verständlich war. Ohne die gewohnten Beinhilfen fühlte er sich vermutlich hilflos und versuchte, alles über die Arme zu regeln. Dabei ging er jedoch zu hart und verkrampft vor. Hänsel ruckte mit dem Kopf, als wolle er Blake dafür tadeln.

»Du brauchst ihn nicht festzuhalten«, sagte Sindra. »Lass Hänsel einfach laufen.«

Blake ritt nun an der kurzen Seite auf Franzi zu. Sie lächelte ihn aufmunternd an, doch er erwiderte das Lächeln nicht. Ganz im Gegenteil: Sein Blick war verschlossen. Ein harter Zug lag um seinen Mund und Franzi glaubte, einen Moment lang so etwas wie Abneigung zu spüren. Nein, sie hatte den Ausdruck auf seinem Gesicht garantiert nur falsch gedeutet.

Bei der nächsten Runde blieb jedoch kein Zweifel mehr. Als Franzi ihrem Freund erneut zulächelte, blieb die erhoffte Reaktion aus. Wo sie sonst Liebe, Zuversicht und Humor sah, war nur noch Kälte. Franzi versuchte ihre Gedanken zu sortieren. Aber sie fand keine Erklärung. Blake machte keine besonders gute Figur auf dem Pferd, doch es war auch keine Vollkatastrophe. Außerdem hatte das alles nichts mit ihr zu tun, oder? Sie startete einen letzten Versuch und lächelte so aufmunternd, wie es überhaupt ging. Die Reaktion war niederschmetternd. Blake verzog das Gesicht zu einer genervten Grimasse. Auf Franzis Armen bildete sich eine feine Gänsehaut. Sie war hier nicht erwünscht. Unsicher stand sie auf. »Ich kümmere mich schon mal um Rumpelstilzchen.«

»Ich komme mit«, bot Marie an.

»Blake ist sauer auf mich«, murmelte Franzi, als sie außer Hörweite waren.

»Quatsch«, gab Marie zurück. »Dem ist die Reitstunde einfach nur ultrapeinlich. Du bist eine sehr gute Reiterin und Blake kann dich auf dem Gebiet nicht beeindrucken.« Sie zögerte kurz. »Weißt du, er merkt hier, dass er ... nun ...«

»Dass er behindert ist?«, fragte Franzi. »Aber das spielt doch für mich keine Rolle!«

»Es geht ja auch nicht um dich, sondern um ihn.« Marie trat zu der Box von Schneewittchen. »Kannst du mir helfen? Ich habe keine Ahnung, wie so ein Sattel aufs Pferd kommt.«
Franzi war dankbar für die Ablenkung. »Klar! Und dann genießen wir unsere Reitstunde!«

Ausflug zum Kalten Wolf

Franzi hatte gehofft, dass Blake nach dem Reiten seine gute Laune langsam wiederfinden würde. Aber er blieb unterkühlt wie ein Eisfach am Nordpol und tat so, als wäre Franzi Luft. Stattdessen unterhielt er sich angeregt mit Alex. Nach dem Mittagessen zog er sich zurück, um zu lesen.

»Das wird schon wieder«, versuchte Kim ihre Freundin zu trösten.

»Ich weiß nicht«, gab Franzi zurück. Doch dann besann sie sich. Blake würde sich wieder einkriegen. Spätestens beim Abendessen würden sie wieder ein Herz und eine Seele sein. Bis dahin würde sie mit ihren Freundinnen die warme Herbstsonne genießen. Sie setzten sich auf eine Holzbank an der Weide. Neugierige Ponys spähten über den Zaun zu ihnen herüber. Die rote Katze kletterte munter in einem knorrigen Apfelbaum gegenüber von der Bank und Kim hatte soeben eine große Tüte Gummibärchen aus ihrem Rucksack geholt.

»Das hebt die Stimmung. Außerdem sind die sogar vegetarisch.«

Franzi prustete los. »Ja klar. Seit wann ist denn Fleisch in Gummibärchen?«
»Schweinegelatine«, erklärte Marie.
»Stimmt. Aber die hier sind klasse!« Franzi griff beherzt zu.
»Wie würde es euch gefallen, hier in Wilderode etwas zu ermitteln?«, fragte Kim. »Wir könnten Herrn Bode unsere Dienste als Detektivinnen anbieten.«
Marie nickte. »Mit unserer Erfahrung sollten wir herausfinden können, ob es sich wirklich um Sabotage handelt oder um verrückte Zufälle.«
»Darüber habe ich auch schon nachgedacht«, sagte Franzi. »Aber ist das denn der richtige Fall für dich? Du kannst enge Räume doch nicht ausstehen.«
Kim griff erneut in die Tüte mit den Gummibärchen. »Verdächtige Personen kann man auch an der frischen Luft befragen und Recherche geht auch überirdisch.«
»Wir haben schon zwei Verdächtige«, fügte Franzi hinzu. »Sindra ist gegen das Museum, weil es die Fledermäuse stört, und diese alte Frau …«
»Ernchen?«
»Ja, die ist auch gegen das Museum. Ob sie wirklich an diese Legende glaubt? Oder ist das nur Show?«
»Das müssten wir herausfinden«, sagte Kim nachdenklich.

Der Ausflug zur Grube startete nach der Mittagspause. Franzi seufzte, als Blake neben Alex aus dem Haus rollte. Die beiden waren in ein Gespräch vertieft und wirkten so vertraut wie alte

Freunde. Franzi hingegen bekam noch nicht mal ein knappes Lächeln ab.
»Alles klar?«, fragte sie ihren Freund leise, während sie sich auf den Weg zum *Kalten Wolf* machten.
»Ja, alles super«, erwiderte Blake. Seine Stimme verriet, dass es ironisch gemeint war.
Franzi ärgerte sich. Sie wollte diesen Urlaub genießen! Wenn Blake nicht mitgekommen wäre, würde sie jetzt munter zwischen Marie und Kim spazieren. Die hatten sich zu Alex gesellt und lachten über etwas, das Franzi nicht mitbekommen hatte. Die kleine Wanderung auf dem Höhenweg war zu schön für Probleme. Sie musste Blakes Verhalten einfach ignorieren und sich auf die Umgebung konzentrieren. Das konnte doch nicht so schwer sein. Ein wolkenloser Himmel erstreckte sich über den Wipfeln der Fichten. Links von ihnen lag das lange Tal mit den roten Dächern und dem Kirchturm, rechts von ihnen der dunkle Bergwald. Glitzernde Wassertropfen sprudelten aus Felsspalten und sammelten sich in einem Bach, der munter hinab ins Dorf gluckerte. Die Sonne stand nun direkt vor ihnen im Südwesten und schien golden zwischen ein paar hohen Tannen hindurch. Der Wanderweg führte unentwegt bergauf, was Blakes Armmuskulatur forderte. Natürlich beschwerte er sich nicht, sondern tat, als wäre es ein Kinderspiel. Franzi war froh, dass der Weg nicht lang war.
Nach einer Kurve stießen sie auf eine kleine Straße, die zu einem Gelände mit mehreren Gebäuden führte. Das Tor im Maschendrahtzaun stand sperrangelweit offen. Im Schatten des

steil ansteigenden Bergwaldes parkte ein grüner Kombiwagen. Außerdem gab es einen alten Käfer, der neben einem zweigeschossigen Holzhaus parkte. Daneben befanden sich noch ein baufälliger Schuppen, ein Holzhaus mit Unterstand und eine Ruine, von der kaum mehr als das Fundament übrig war. Überall wucherten Brennnesseln. Wenn hier ein Museum entstehen sollte, gab es einiges zu tun.

»Herzlich willkommen!« Björn Bode kam ihnen mit federndem Gang entgegen. »Tiffy hat mich schon angerufen und euren Besuch angekündigt. Heute passt es ganz wunderbar. Gerade lese ich mich nämlich in das Thema Multimediaführungen ein. Meint ihr, ich sollte das auch anbieten?«

»Nicht unbedingt«, stieg Marie ins Gespräch ein. »Ich finde es oft schon hilfreich, wenn die Museumsführer nicht monoton reden und mit Zahlen um sich werfen.«

»Ich war mal in einer Ausstellung, bei der es Sound- und Lichteffekte gab«, meldete sich Blake zu Wort. Er klang wieder normal, was Franzi freute. »Das war ziemlich krass.«

Kim nickte. »Sie könnten einen Stollen im Museumsgebäude nachbauen. Dann kann man als Besucher durch einen dunklen Gang kriechen und spüren, wie es damals für die Bergleute war.«

»Oh ja«, stimmte ihr Blake zu. »Es könnte sogar ein Einsturz simuliert werden. Mit Rumpeln, Beben und flackerndem Licht.«

»Herrlich! Wie in einer Geisterbahn!«, rief Herr Bode begeistert. »Dafür wäre der Keller im Wohnhaus ideal. Er ist in den

Fels gehauen und könnte glatt als Bergwerk durchgehen. In der Grundschule haben wir dort Grusel-Verstecken gespielt. Allerdings wird so eine Attraktion teuer. Es ist wohl besser, wenn ich den echten Stollen …« Der klagende Ruf eines Wolfes ertönte. Dumpf, aber bedrohlich. Herr Bode zuckte zusammen. Blake und die drei !!! sahen sich verwirrt um. Nur Alex blieb ruhig, griff in ihre Hosentasche und zog ein Handy hervor. »Sorry.« Wieder erklang der Ton. »Das ist wichtig. Ich gehe kurz ran.« Herr Bode lächelte betreten. Es war ihm sichtlich peinlich, dass ihn der Klingelton kalt erwischt hatte. »Soll ich schon mal mit einer kleinen Führung in der Kaue beginnen?«, fragte er, während Alex das Gespräch annahm und sich langsam von der Gruppe entfernte. »Alex kennt das Gelände bereits und verpasst nichts.«

»Klar«, antwortete Kim. Genau wie Franzi und Marie blickte sie Alex skeptisch hinterher.

Die stapfte eilig davon und redete leise ins Telefon. Alles sprach dafür, dass es kein angenehmes Gespräch war.

»Hier entlang«, sagte Herrn Bode und steuerte das geräumige Holzhaus neben den Schuppen an.

Die sogenannte *Kaue* entpuppte sich als Lager für Helme, Grubenlampen und allerhand Werkzeuge. Franzi wappnete sich für einen langen Vortrag über den Bergbau, doch Björn Bode verzichtete auf trockene Daten und Fakten. Lebhaft erzählte er von den alten Zeiten und führte ihnen voller Stolz seine Habseligkeiten vor. Als er ihnen die Helme zeigte, die nebeneinander auf einem Regal lagen, stutzte er.

»Alles in Ordnung?«, fragte Marie, der sein Zögern nicht entgangen war.

»Also ... vermutlich muss ich mal eine Liste mit allen Exponaten anfertigen«, sagte Herr Bode und kratzte sich am Kopf. »Ich dachte, es wären mehr Helme gewesen. Aber vielleicht irre ich mich auch.«

Kim trat näher das Regal heran. Sie ließ ihren Blick über die staubige Oberfläche der Bretter schweifen. »Sie irren sich nicht. Jemand war vor Kurzem hier.«

Nun sah auch Franzi, was Kim entdeckt hatte. Die graubraune Schicht aus altem Staub und Spinnweben war an zwei Stellen verwischt. Außerdem gab es zwei runde, helmgroße Abdrücke, die beinahe staubfrei waren.

»Hier haben die Helme gelegen«, erklärte Kim. »Und sie sind definitiv noch nicht lange weg, sonst hätte sich erneut eine Staubschicht gebildet.«

»Du meine Güte«, sagte Herr Bode. »Ich dachte schon, meine Fantasie spielt mir einen Streich. Ihr müsst wissen, dass schon mehrfach Gegenstände aus der Kaue ihren Platz gewechselt haben.«

Mit fachkundigem Blick prüfte Marie die Fenster und die Tür. »Es gibt keine offensichtlichen Einbruchsspuren. Aber vielleicht können wir ein paar Fingerabdrücke sichern.«

»Was wollt ihr?«, fragte Herr Bode verwirrt. »Das klingt ja wie im Fernsehen.«

»Die Mädchen sind Detektivinnen«, berichtete Blake. Es klang jedoch nicht stolz, sondern eher genervt.

Franzi drehte sich zu ihrem Freund um. Er saß mit verschränkten Armen in seinem Rollstuhl und blitzte sie forsch an. »Ach, war das jetzt geheim? Ups.«
Franzis Magen zog sich zusammen. Da war er wieder, der verbitterte Blake vom Vormittag.
»Wir hätten das schon gern selbst erzählt«, sagte Kim. Sie gab sich offensichtlich Mühe, nicht vorwurfsvoll zu klingen. Auch Marie nickte beschwichtigend. »Alles okay. Wir wollten Herrn Bode ja sowieso anbieten, für ihn zu ermitteln.«
»Wegen des Sabotage-Verdachts«, fügte Franzi mit krächzender Stimme hinzu. Blakes Verhalten verunsicherte sie immer mehr. Nervös rieb sie ihre Handflächen aneinander. »Wir haben schon eine ganze Reihe von Fällen gelöst.«
»Da kann nicht mal Sherlock Holmes mithalten«, sagte Blake. »Die Mädchen sind unschlagbar. Richtige Superheldinnen.«
»So ist es«, sagte Kim, die den ätzenden Tonfall einfach ignorierte. Selbstbewusst reichte sie Herrn Bode die Visitenkarte der drei !!!.

Die Karte wurde oft von Erwachsenen belächelt. Herr Bode bildete leider keine Ausnahme. »Richtig professionell! Wie eine echte Detektei.« Mit einem milden Schmunzeln steckte er die Karte in die Brusttasche seiner Jacke. »Wenn ihr den Dieb der Helme überführt, bekommt ihr Freikarten für die Eröffnung. Oder kommen da etwa noch weitere Kosten auf mich zu?«

»Wir arbeiten nicht für Geld«, sagte Marie empört.

»Gut, dann dürft ihr euch in den nächsten Tagen umschauen. Aber bitte nur dann, wenn ich hier bin. Nicht, dass ihr mir allein in den Stollen geht!«

»Keine Sorge«, versicherte Kim. »In das Ding kriegen mich keine zehn Pferde!«

»Na, alles klar bei euch?« Alex erschien im Türrahmen, ein merkwürdig erzwungenes Lächeln im Gesicht.

»Ja, alles so richtig super!«, antwortete Blake. »Partystimmung pur.«

»Wir haben gerade die Kaue bewundert«, sagte Kim schnell.

Franzi musterte Alex. »Und wie ist es bei dir?«

»Äh, okay«, antwortete Alex ausweichend. »Ich habe nur mit einem Freund telefoniert. Es ... hat länger gedauert.«

»Das haben wir gemerkt.«

»Kein Problem«, sagte Herr Bode nachsichtig. Er öffnete einen Pappkarton, in dem sich nagelneue Helme befanden. »Die sind heute angekommen. Ich würde vorschlagen, dass sich jeder einen nimmt; und dann zeige ich euch das Mundloch und den Stollen.«

Dunkelheit!

Der Haupteingang zum *Kalten Wolf* – den Herr Bode als *Mundloch* bezeichnet hatte – lag ein paar Meter hinter der Kaue am Berghang. Von Moos und Gras überwucherte Schienen führten bis zu ein paar groben Balken, die fest im Erdreich versenkt waren. Ein einfach gezimmertes Brettertor verbarg den Eingang in die Unterwelt. Daneben stand eine kleine Frauenstatue aus verwittertem Holz.

»Das ist die heilige Barbara«, erklärte Björn Bode. »Die Schutzpatronin der Bergleute. Die Bergarbeiter grüßten sie bei jeder Einfahrt.«

»Davon habe ich gehört«, sagte Blake. »In manchen Bergwerken gab es sogar unterirdische Barbara-Schreine, bei denen die Bergleute für Schutz beteten.«

»Sehr richtig«, lobte Herr Bode.

»Diese Barbara ist alt.« Kim sah die Statue prüfend an. »Aber sie stammt nicht aus der Anfangszeit des Bergwerkes.«

»Ihr seid großartig!«, freute sich Björn Bode. »Und du hast wirklich einen Kennerblick!«

»Eher gute Augen.« Kim errötete leicht. »Ich habe die kleine Jahreszahl entdeckt, die in den Sockel graviert ist.«
Marie kniff die Augen zusammen. »Tatsächlich. Da steht 1902.«
»Diese Barbara habe ich in der Kaue gefunden und wieder aufgestellt. Richtig alte Sachen konnte ich allerdings nicht mehr finden. Aus der Anfangszeit der Grube gibt es nicht einmal mehr ein einziges Werkzeug.« Herr Bode seufzte.
Blake rollte unterdessen näher an den Eingang der Grube heran. Der Boden war uneben, weswegen er sich anstrengen musste. »Der Eingang ist nicht abgeschlossen.«
»Ja, das ist richtig.« Herr Bode trat zu ihm und zog an einem Griff aus grobem Holz. »Ich war eben im Stollen, um Fotos zu machen.«
Knarrend ging das Tor auf und gab den Blick auf einen dunklen Schlund frei. Ein kalter Hauch blies ihnen entgegen, wie der Atem eines schlafenden Ungeheuers.
Herr Bode machte sich an einem kleinen Metallkasten neben dem Eingang zu schaffen. Ein leises Schnarren ertönte, dann flackerten eine Reihe von vergitterten Lampen auf. Trübes, gelbliches Licht erhellte den Gang.
»Es geht ja wieder«, sagte Alex überrascht. »Sollte Papa das nicht reparieren?«
»Das steht noch aus. Ich habe eine Sicherung ausgetauscht, aber das eigentliche Problem ist damit nicht gelöst. Ich fürchte, dass wir hier im Besucherstollen neue Leitungen legen müssen, damit die Lampen auch zuverlässig leuchten.«

»Dürfen wir uns drinnen umschauen?«, fragte Blake.
»Das war der Plan«, sagte Herr Bode. »Dieser Tagstollen ist relativ breit und noch dazu eben. Als sportlicher Rollstuhlfahrer solltest du keine Probleme haben.«
»Ich warte lieber draußen in der Sonne«, sagte Kim mit dünner Stimme, während die anderen ihre Helme aufsetzten. Franzi verspürte ein Kribbeln im Bauch, aber es war keine Angst – eher eine abenteuerliche Vorfreude, die sie auch beim Einstieg in eine Achterbahn oder dem Start auf einer steilen Skipiste fühlte.
»Es gibt nur hier oben elektrisches Licht«, erklärte Björn Bode. »Und manchmal lässt es mich im Stich.«
Wie zur Bestätigung flackerten die Lampen kurz, und es kam Franzi vor, als wären sie noch trüber geworden. Ihr Blick glitt über die graubraunen Seitenwände, die von schweren Holzbalken gestützt wurden. Kleine Rinnsale von Wasser hatten farbige Spuren auf dem Stein hinterlassen. Auf der linken Seite ging ein schmaler Schacht ab, der mit einem rostigen Gitter versperrt war.
»Ein paar Gänge wurden schon vor vielen Jahren geschlossen.« Herr Bode ging langsam voran, damit auch Blake ihm folgen konnte. »Wir befinden uns hier im Hauptstollen auf der zweiten Ebene – auch *zweite Sohle* genannt. Über uns befinden sich noch ein paar Gänge, die in nördlicher Richtung verlaufen. Aber der Großteil des Bergwerks liegt unter uns. Der Förderkorb fährt bis zur vierten Sohle hinab. Wer noch tiefer will, muss klettern. Soweit ich weiß, sind die ganz tiefen Gänge jedoch eingestürzt oder überflutet.«

»Haben Sie das denn noch nicht überprüft?«, wollte Blake wissen.

»Nun …« Björn Bode wirkte plötzlich verlegen. »Ich war schon immer fasziniert von der Grube. Aber ich bin kein Abenteurer. Letztendlich wäre es auch zu riskant, ohne die richtige Ausrüstung und die nötige Erfahrung in die Unterwelt hinabzusteigen. Dort lauern einfach zu viele Gefahren. Tja, kommen wir lieber zu den Dingen, die ich meinen künftigen Besucherinnen und Besuchern zeigen möchte.« Herr Bode blieb an einer Gabelung stehen. Halb links führte ein schmaler Schacht ins Dunkel, während der Gang zu ihrer Rechten breiter wurde. Neben den alten Schienen befand sich ein Verschlag aus Holz und Metall. Er sah aus wie eine Mischung aus Käfig und Aufzug.

»Ist das der Förderkorb?«, fragte Blake.

»Ja, das ist er«, sagte Herr Bode stolz. »1896 wurde auf dem Berg ein Haus für die Fördermaschine errichtet und der Schacht darunter wurde ausgebaut.«

»Und damit kann man heute noch fahren?«, staunte Blake.

»Große Teile der Technik wurden im Auftrag der Gemeinde Wilderode erneuert, als die Mine von einem Energieunternehmen geprüft wurde. Es sollte eine Turbine für umweltfreundliche Wasserkraft gebaut werden.« Björn Bode seufzte. »Die Pläne ließen sich dann aber nicht umsetzen und die Wilderoder warfen meinem Onkel vor, mit der Aktion ihre Steuergelder verschwendet zu haben.«

»Die Grube scheint ja nicht gerade Glück zu bringen«, meinte Marie.

Blake hatte sich schon wieder von der Gruppe entfernt. Er spähte neugierig durch die Holzlatten der Absperrung hindurch zum Förderkorb. »Perfekt, da passt mein Rollstuhl rein!«

»Wir sollten lieber nicht ...«, begann Björn Bode, aber er hielt mitten im Satz inne. Die Lampen flackerten ein weiteres Mal, dann gingen sie aus. Schlagartig wurde es dunkel. »Verflixt! Da ist schon wieder die Sicherung rausgeflogen und die neuen Helme haben keine Kopflampen.«

Franzis Sinne stellten sich langsam auf die neuen Gegebenheiten ein. Zunächst übernahmen ihre Ohren. Sie hörte das Rascheln ihrer Kleidung, die Schritte der anderen. Knirschende Kiesel unter Schuhsohlen. Herabfallende Tropfen und das entfernte Hallen von ein paar Steinen, die irgendwo in den Tiefen der Mine aufprallten.

»Was war das?«, fragte Marie. Ihre Stimme zitterte.

»Wir brauchen Licht!«, sagte Blake.

»Es ist ja nicht komplett duster«, warf Franzi ein. Sie versuchte, ruhig zu bleiben. Panik war in so einer Situation nur gefährlich. Ihre Augen gewöhnten sich langsam an das Dunkel und nahmen dann den spärlichen Lichtschein wahr, der vom Mundloch bis zu ihnen durchdrang.

»Einsatz fürs Smartphone«, verkündete Marie. Ein paar Sekunden später leuchtete die winzige Lampe an ihrem Telefon auf.

»Für den Rückweg wird das reichen«, stellte Herr Bode fest. Auch er klang erleichtert. Doch kaum hatte er es ausgesprochen, als ein schleifendes Geräusch erklang. Marie fuhr herum und leuchtete in den schmalen Gang, der neben dem Förderkäfig ins Dunkel führte. Im Lichtkegel von Maries Smartphone sahen sie, dass er nach wenigen Metern eine Kurve machte. Franzi lauschte angestrengt. Waren das etwa Schritte?

»Hört ihr das?«, fragte Blake entsetzt.

Wieder erklang das Schleifen, dann eine Art Scharren. Etwas kam um die Ecke! Der kleine Lichtkegel fiel auf eine geduckte Gestalt, die geradewegs auf sie zukam. Marie schrie auf. »Der Kalte Wolf!«

Düstere Aussichten

Das Ding lachte. Es schaltete eine Lampe ein und kam mit zügigen Schritten auf sie zu. »Buh!«

»Elva!«, keuchte Herr Bode.

»Überraschung!«, sagte das vermeintliche Ungeheuer. Es entpuppte sich im Licht der Taschenlampen als eine Frau in Bergsteigermontur. Sie trug ein Kletterseil über der Schulter und einen Gurt mit Karabinerhaken um die Taille.

»Wolltest du heute nicht ein paar Sachen aus der Stadt holen?«, fragte Herr Bode verdattert.

»Der frühe Vogel kann früh Feierabend machen.« Elva lachte wieder. »Ich war gleich nach dem Frühstück unterwegs. Den Rest der Zeit habe ich auf der vierten Sohle verbracht.«

»Und du konntest es nicht lassen, uns zu erschrecken.«

»Tut mir leid, Björn. Die Gelegenheit war einfach zu günstig.«

Björn Bode lachte nun auch. »Darf ich dir meine allerersten Museumsbesucher vorstellen? Es sind Gäste von Tiffy und Uwe.«

»Hi!«, sagte die Frau. »Elva Berg, der Schreck aus der Tiefe.«

»Elva ist eine alte Freundin von mir«, sagte Björn Bode, wobei er beinahe verträumt klang. »Sie ist Speläologin.«

»Höhlenforscherin«, übersetzte Elva Berg. Sie klopfte ihrem alten Freund auf die Schulter. »Björn hat mich engagiert, um den Zustand der unteren Gänge zu überprüfen, Fotos zu machen und eine sinnvolle Route für die Besichtigung der Fachleute auszuarbeiten.«

»Das stimmt, aber du solltest dich doch vor jeder Tour bei mir abmelden, falls etwas passiert. Und …« Herr Bode nieste kräftig. »Entschuldigung.«

»Gesundheit!«, sagten Alex und Blake fast gleichzeitig.

Herr Bode nieste erneut. »Du meine Güte, so geht das sonst nur bei der Haselblüte.« Er zückte ein Stofftaschentuch und putzte sich umständlich die Nase. »Oder wenn Hunde in der Nähe sind.«

»Ich habe keinen Hund im Bergwerk gesehen«, sagte Elva Berg. »Und die Haselnuss blüht im Frühling.«

»Reagieren Sie eventuell auch allergisch auf Wölfe?«, fragte Marie.

»Gute Frage.« Herr Bode steckte das Taschentuch sorgsam wieder ein. »Ehrlich gesagt, habe ich noch nie einen Wolf gestreichelt.«

»Die Geschichte vom *Kalten Wolf* ist sowieso nur eine Legende«, sagte Alex mit Nachdruck.

»Definitiv«, bekräftigte Blake. »Gehen wir noch ein Stück tiefer in den Stollen?«

»Nein, wir kehren jetzt besser um«, entschied Herr Bode. »Ab hier ist der Gang auch nicht mehr barrierefrei.«
Für den letzten Satz erntete er einen finsteren Blick von Blake.

Das Sonnenlicht war Franzi noch nie so schön vorgekommen. Es leuchtete golden auf sie herab und die Luft fühlte sich herrlich frisch an. Wie mussten sich erst die Bergleute gefühlt haben, wenn sie nach vielen Stunden in der Tiefe wieder ins Freie getreten waren? Hatten sie die würzige Waldluft in vollen Zügen genossen? Waren sie erleichtert, weil sie die Schicht überstanden hatten? Oder hielten sie nervös Ausschau nach einem Wolf, der Unheil ankündete?
Nachdem Franzi und Marie Kim auf den neusten Stand gebracht hatten, wollte Alex gerne aufbrechen. Doch Franzi merkte plötzlich, dass ihre Blase unangenehm drückte. Es war ihr peinlich, nach einer Toilette zu fragen, aber das Bedürfnis gewann die Oberhand.
»Du kannst das Gäste-WC benutzen«, bot Elva Berg an. Sie holte einen Schlüssel aus der Tasche ihres Anzuges. »Ich wohne vorübergehend hier. Das Haus von Björns Onkel steht bis zum Umbau leer und Björn hat seine eigene Wohnung unten im Dorf.« Die Speläologin führte Franzi zum Eingang und schloss auf. »Es ist gleich die erste Tür rechts. Ich warte draußen.«
»Danke.« Im dunklen, engen Flur schlug Franzi muffige Luft entgegen. Die Toilette war winzig, aber sauber. In Gedanken versunken setzte sie sich auf die moosgrüne Klobrille und starrte auf den abgenutzten Linoleumfußboden. Sie wollte gerade an der

altmodischen Spülkette ziehen, als sie über sich ein Geräusch hörte. Knarrte da ein Dielenbrett? Franzi lauschte angestrengt. Da war doch etwas im Haus! Oder bildete sie sich das nach der Aufregung im Bergwerk nur ein? Als kein weiteres Geräusch erklang, entspannte sie sich. Ihre Fantasie spielte ihr einen Streich. Schnell spülte sie, wusch sich die Hände und trat auf den Flur.

Elva Berg stand direkt vor der halb offenen Haustür und redete auf Herrn Bode ein. »Die Gänge da unten müssen dringend abgestützt werden, sonst ist das keine Touristenattraktion, sondern eine Todesfalle. Die komplette Technik des Förderkorbs muss übrigens auch ausgetauscht werden.«

»Natürlich. Das wird alles geschehen, aber nicht bis zur Begehung am Mittwoch.«

Elva Berg lachte. »Nein, das kannst du dir wirklich sparen. Den Beamten reicht es garantiert, wenn du sie die paar Meter bis zum Förderkorb führst. Die Schlipsträger wollen sich doch nicht die Anzüge schmutzig machen.«

»Es sind dieses Mal schon Experten von der Technischen Universität dabei«, warf Björn Bode ein. »Die wollen sich auch in der Tiefe umsehen. Und ich würde sie so gern beeindrucken.«

»Björn, du bist und bleibst ein Träumer«, sagte Elva. Es klang etwas resigniert, aber auch herzlich. »Also gut: Ich gebe mein Bestes, um eine Tour auszuarbeiten.«

»Du machst das schon«, sagte Herr Bode. »Es darf auch gerne ein Abstieg über eine alte Fahrt dabei sein. Die Leute haben die komplette Ausrüstung dabei.«

»Wenn das mal gut geht«, murmelte Elva Berg.

Auf dem Rückweg nahmen Alex, Blake und die drei !!! nicht den Wanderweg, sondern die Straße. Sie führte in sanften Kurven hinab nach Wilderode, vorbei an einer rustikalen, schwarzen Holzbude, vor der Stehtische und bunte Schirme aufgebaut waren. Der Duft von brutzelnden Pommes wehte ihnen entgegen.

»Das ist die *Wolfsschenke*«, erklärte Alex. »Falls Mama mal wieder ihre experimentelle Tofu-Lasagne macht, könnt ihr euch hier satt essen.«

Ein Mann mit roten Locken winkte ihnen aus dem Verkaufsfenster heraus zu. Alex winkte freundlich zurück. »Das ist Christian Mertens, der Besitzer. Er ist echt nett, aber wir sollten trotzdem zusehen, dass wir Land gewinnen. Die Dorfprominenz rückt an.«

Eine Gruppe von Jugendlichen kam ihnen entgegen: Drei Jungen und zwei Mädchen, kaum älter als die drei !!!.

»Na, wen haben wir denn da?« Ein hochgewachsener Junge mit kurzen dunklen Haaren grinste breit. »Den Kerl und die lieben Gäste.«

Eines der Mädchen im Hintergrund kicherte betont laut.

»Hi, Lenox«, sagte Alex. »Ist heute mal wieder Welt-Diskriminierungs-Tag?«

Lenox verdrehte genervt die Augen. »Na, habt ihr etwa gerade BBbB besucht?«

»Stotterst du immer?«, fragte Marie selbstbewusst.

»Das war eine Abkürzung für *Björn Bücherwurms bescheuerte Bruchbude.*«

»Ist das neuerdings verboten?«, fragte Alex trotzig.

»Stell dich auf die richtige Seite.« Lenox hatte aufgehört zu lachen. »Wilderode darf nicht schon wieder Geld verplempern. Davon gibt es hier nämlich nicht mehr viel. Wenn mein Vater sein Café aufmachen kann, nützt das den Anwohnern eindeutig mehr.«

»Wenn das Museum gut läuft, ist das gut für den Tourismus«, sagte Alex leise. »Und Kaffee und Kuchen gibt es schon in der *Wolfsschenke* und beim Bäcker.«

»Schnarch, ein Museum«, sagte Lenox und gähnte demonstrativ. »Wenn die nicht gerade eine krasse Tour durch die Unterwelt anbieten, reißt das niemanden vom Hocker.«

»Ich fand die Grube spannend«, mischte sich Blake ein.

»Ach ja?«, fragte ein Mädchen, das es etwas mit dem Make-up übertrieben hatte. »Wie willst du denn das beurteilen?«

Lenox musterte Blake. »Wie weit kann man in den Stollen rollen? Drei Meter? Vier Meter? Das muss ja irre gruselig gewesen sein. Ich hoffe, du kannst heute Nacht schlafen.«

»Ich komme überall rein, wenn ich will«, entgegnete Blake grimmig.

»Das will ich sehen«, meinte einer der Jungs.

»Oh ja, ich auch.« Die grünen Augen von Lenox funkelten.

»Nein!«, widersprach Alex vehement. »Lasst unsere Gäste in Ruhe.«

»Aber dein Gast wollte uns doch gerade eine kleine Mutprobe vorschlagen«, sagte Lenox.

»Wollte er nicht.« Alex stellte sich vor Blake. »Wir müssen jetzt zum Hof zurück.«

»Klar, die Mami wartet mit Kakao und Kuchen«, ätzte Lenox. Seine Freunde prusteten wieder los.

»Kommt.« Alex setzte sich mit schnellen Schritten in Bewegung.

Franzi war ebenfalls dafür, das Weite zu suchen. Die Begegnung mit den Jugendlichen aus dem Dorf hatte Blake in Rage versetzt. Er sah aus, als würde er jeden Moment explodieren.

»Wer war das denn bitte schön?«, fragte Marie wenig später.

»Lenox und seine Bande«, gab Alex zurück. »Die glauben, sie sind die V.I.P.s von Wilderode.«

»Und sie sind gegen das Museum«, sagte Kim nachdenklich.

»Lenox ist dagegen«, korrigierte Alex. »Und seine Freunde müssen seiner Meinung sein.«

Kim nickte. »Weil der Vater irgendwelche Fördergelder haben möchte?«

»So ist es. Herr Oberlachter betreibt einen Kiosk mit Touristeninformation. Er schmiedet auch irgendwelche Pläne für ein Erlebniscafé rund um die alten Sagen und Legenden der Gegend. Bislang scheitert es wohl noch an den Kosten.«

»Interessant«, murmelte Kim.

»Was?«, fragte Alex.

»Ach nichts«, sagte Kim schnell.

In diesem Moment wieherte es in Alex' Hosentasche. Franzi fühlte sich an ihren eigenen Klingelton mit Tinkas Stimme erinnert.

»Meine Mutter ruft an. Die fragt sich bestimmt schon, wo wir bleiben.«

Fragen ohne Antworten

Die untergehende Sonne tauchte das Tal und die Weide in ein unwirkliches Licht. Die Ponys grasten träge auf der Weide und schlugen nur ab und zu mit dem Schweif, um eine Fliege zu verscheuchen. Franzi fand, dass es beinahe ein magischer Moment war. Nur, dass sie sich dieses Mal so gar nicht magisch fühlte. Blake war gleich nach der Ankunft auf dem Hof mit Alex verschwunden. Franzi hatte er dabei keines Blickes gewürdigt.

»Du denkst über Blake nach, nicht wahr?« Marie lehnte am Weidezaun und schien die Ponys zu beobachten. Dennoch war sie mit ihrer Aufmerksamkeit ganz bei Franzi. Echte Freundinnen konnte man eben nicht täuschen.

Kim legte Franzi eine Hand auf die Schulter. »Rede mit ihm.«

»Vielleicht hat er sich morgen wieder beruhigt«, sagte Franzi hoffnungsvoll. »Eine einzige Reitstunde kann doch nicht alles zerstören.«

»Bestimmt nicht«, versicherte ihr Kim.

»Jungs«, seufzte Marie.

Nun war es Franzi, die genau wusste, was Marie gerade dachte. »Ist es so schwierig, von Jakob loszukommen?«

»Irgendwie schon. Aber ich muss nur den richtigen Trick finden, um die Gefühle auszulöschen.«

Kim war skeptisch. »Ich weiß nicht, ob das so einfach geht.«

»Es muss gehen! Zur Not mit einem Zauberspruch.« Maries Gesicht hatte einen entschlossenen Ausdruck angenommen.

»Wenn es dir hilft«, meinte Kim. Es klang skeptisch.

Franzi straffte den Rücken. »Lasst uns nicht über Liebeskummer reden, okay? Wir haben Ferien, der Ort ist einfach traumhaft, und wir haben sogar einen Auftrag bekommen.«

»Ich fürchte allerdings, dass Herr Bode uns nicht ganz ernst genommen hat«, warf Marie ein.

»Na und?« Kim zuckte mit den Schultern. »Der wird staunen, wenn wir den Fall lösen. Und wo wir schon beim Thema sind: Habt ihr die Wunden an den Fingern von Lenox gesehen?«, fragte Kim.

»Bei diesem Fiesling?«, fragte Marie.

Kim nickte. »Er hatte mehrere Verletzungen, genau wie Alex.«

Das war Franzi gar nicht aufgefallen. Sie hatte während der Begegnung nur auf Blake geachtet.

»Auf jeden Fall hat er ein Motiv für die Sabotage des Museums«, stellte Kim fest. »Er und sein Vater haben sich damit den ersten Platz auf der Liste der möglichen Saboteure verdient.«

»Wenn es überhaupt Sabotage ist«, warf Marie ein. »Bislang ist nur der Diebstahl der Helme eindeutig belegt.«

»Ich muss mir einen Überblick verschaffen«, sagte Kim. Sie klappte ihr Notizbuch auf. »Während ihr im Stollen wart, habe ich die Kaue genau untersucht. Der Dieb hat sich nicht nur bei den Helmen bedient. Es fehlte auch ein größerer, viereckiger Gegenstand aus einem halb verdeckten Regal – vielleicht eine Kiste. Leider scheint der Einbrecher Handschuhe getragen zu haben. Ich habe jedenfalls keine brauchbaren Fingerabdrücke gefunden.«

Detektivtagebuch von Kim Jülich
Sonntag, 22:30 Uhr

Sabotage oder Diebstahl? Das ist hier die Frage. Beim Bergwerk wurden offenbar zwei Helme und etwas Viereckiges gestohlen. Es sind wiederholt Lampen ausgefallen, es gab mehrere Kurzschlüsse, der Förderkorb war defekt und eine alte Karte ist auch verschwunden – genau wie ein Schlüsselbund. Wir überlegen, ob die Gegner des Museums dahinterstecken könnten. Davon gibt es nämlich einige:

1. Lenox Oberlachter (Idiot aus dem Dorf) und sein Vater (Kioskbesitzer mit großen Plänen) haben Angst, dass sie wegen des Museums weniger Fördergelder für ihr Café bekommen.
2. Ernchen (Mutter von Herrn Bode): glaubt, dass es im Bergwerk spukt. Sie will nicht, dass jemand in die Grube geht.
3. Sindra ist Umweltaktivistin. Sie ist vehement gegen Besucher im Bergwerk, da sie die Fledermäuse schützen möchte.
4. Alex ist zwar nicht gegen die Grube, aber sie hat ein Geheimnis. Mit wem hat sie so gestresst telefoniert? Warum hat Alex diese Schürfwunden? Gibt es eine Verbindung zu den Wunden von Lenox? Haben sie sich geprügelt?

Jetzt, wo ich es aufschreibe, kommt mir das Telefonat von Alex umso merkwürdiger vor. Sie scheint verschiedenen Leuten verschiedene Klingeltöne zugeordnet zu haben. Beim Anruf von Tiffy Schierke hörte man ein Pferd wiehern. Wer ist dann der heulende Wolf? Gibt es am Ende doch diesen Club der Wölfe, von dem das alte Ernchen und Björn Bode an unserem ersten Abend geredet haben?

Geheimes Tagebuch von Kim Jülich
Sonntag, 00:10 Uhr

► Wer das liest, ist ein absoluter Bghwefgibhuoprnhoönrhiogrwnqjhönhjönhwjnhjpnhjwknhjcrnhjenrhe! Aber echt! ◄
Ich vermisse David!!!! Das würde ich vor Marie und Franzi nicht zugeben, aber ich wünschte, er wäre hier. Immer, wenn mein Handy eine Nachricht ankündigt, klopft mein Herz. Bislang waren es aber hauptsächlich nur meine Brüder, die mich unter Druck setzen wollen. Ich soll ihr Buch endlich lektorieren. Sie wollen es übermorgen (!) einem Verlag schicken, damit es noch vor der nächsten Buchmesse erscheint. Ich glaube, sie haben keine Ahnung, wie das normalerweise alles läuft. Wahrscheinlich träumen sie gerade, wie sie zu epischen Weltstars der Krimiliteratur werden. Träumen ist ein gutes Stichwort. Es ist bereits nach Mitternacht! Marie und Franzi schlafen schon. Ich sollte auch ...
Huch. Eben habe ich etwas gehört! Jemand geht durchs Haus!

Über Franzi flatterten dutzende Wesen mit lederartigen Flügeln. Es waren Vampirfledermäuse mit bösen, roten Augen. Sie wollten alle zum Bergwerk, doch Franzi durfte das nicht zulassen. Sie versuchte, die Tiere zu verscheuchen. Sie verwandelten sich in Funken, stoben auseinander und flitzten auf den Stollen zu. Und da wusste Franzi es plötzlich: Hinter ihr war etwas – etwas Unsichtbares. Eine Gefahr, die keinen Namen und kein Gesicht hatte. Sie blieb stehen und sah über ihre Schulter. Das ungute Gefühl wurde stärker. Die feinen Härchen auf ihren Armen stellten sich auf. Ihr Atem ging schneller. Ihr Herz raste.

»Franzi?« Blake war neben ihr erschienen. Er sah sie voller Abscheu an. Sein Mund war zu einem schmalen Strich gepresst und bewegte sich nicht. Dennoch konnte sie seine Stimme hören. Sie klang merkwürdig hell. »Franzi! Franzi!«

»Blake.«

»Du träumst. Wach auf!«

Franzi blinzelte. »Kim?«

Marie gähnte schlaftrunken. »Was ist denn los?«

»Alex schleicht sich aus dem Haus! Mit Helm und Seil!«

»Was?« Franzi setzte sich auf. Es war schwer, den Traum abzuschütteln, aber zumindest war sie schlagartig wach.

»Ich glaube, sie will zur Grube.«

Ein böses Omen

Die drei !!! warfen sich Jacken über und schlüpften in ihre Schuhe. So leise wie möglich huschten sie die Treppe hinab ins Erdgeschoss und schlichen durch den Flur zur Haustür.
Draußen war es still. Die Nacht war klar. Ein riesiger Vollmond stand über den Wipfeln der Bäume und warf lange Schatten. Alex war bereits verschwunden. Ohne die Taschenlampen einzuschalten, folgten die Mädchen auf leisen Sohlen dem Wanderweg, der zur Grube führte. Irgendwo raschelte es im Gras. Eine Eule schuhute in der Ferne. Franzi dachte an Matilda. Obwohl eine feuchte Kälte aus dem Wald kroch, fühlte sie sich bei dem Gedanken an ihre Eule warm und geborgen. Der magische Moment am Weidezaun war fest in ihrer Erinnerung verankert. Etwas flatterte über ihre Köpfe hinweg und riss sie unsanft aus ihren Gedanken.
»Eine Fledermaus!«, flüsterte Marie.
»Vampirfledermäuse«, murmelte Franzi bei der Erinnerung an ihren unheimlichen Traum.
»Pst«, machte Kim und packte ihre Freundinnen am Arm.

Abrupt blieben alle drei stehen. Da hörte Franzi es auch. Irgendwo über ihnen hallte das Knacken von trockenen Ästen durch den Wald. Wollte Alex gar nicht zum Bergwerk? Franzi glaubte, ein Wispern zu hören. Dann hustete jemand. Offenbar war Alex nicht allein.

Die drei !!! brauchten sich nicht abzusprechen. Wortlos folgten sie den Geräuschen. Sie verließen den Weg und stiegen über Felsen, Moos und Baumwurzeln den Hang hinauf. Auch am Tag wäre der Aufstieg beschwerlich gewesen. In der Dunkelheit war es jedoch eine echte Herausforderung. Noch dazu mussten sie leise sein. Zwischen den hohen Fichten wurde jedes Geräusch hallend davongetragen. Kim keuchte leise vor Anstrengung. Die drei !!! legten hin und wieder kleine Pausen ein. Als sie unter sich neue Geräusche hörten, gingen sie hinter einem umgestürzten Baum in Deckung. Zwei Gestalten brachen durch das Unterholz. Im Gegensatz zu den Mädchen gaben sie sich keinerlei Mühe, leise zu sein.

»Wir kommen zu spät.« Die Stimme gehörte zu einem Jungen.

»Ist doch egal. Die können warten«, antwortete eine kühle Jungsstimme. »Ich habe schließlich den Schlüssel.«

Die Gestalten kletterten an dem Baum vorbei, hinter dem die drei !!! kauerten.

»Na, Angst?«

»Ich? Wieso?«

»Darf ich dich an deine eigenen Worte erinnern?« Der Junge imitierte nun eine panische Stimme: »Da unten lauert etwas in der Tiefe! Wir sollten auf keinen Fall weiter hinabsteigen.«

»Das habe ich gar nicht gesagt«, empörte sich der andere Junge. Die beiden entfernten sich langsam und stiegen den Hang weiter hinauf.
»Oh doch. Aber heute geht es auf die dritte Sohle.«
»Sollen wir etwa *Silberleins Sturz* runterklettern? Das ist voll gefährlich!«
»Ich wusste doch, dass du Angst hast.«
»Gar nicht, aber die blauen Flecken vom ersten Schacht reichen mir.«
»Was sind schon ein paar blaue Flecken und Kratzer? Ich habe Pflaster dabei. Und jetzt sei besser leise.«
Die Stimmen verstummten, aber Franzi konnte sich denken, was los war. Björn Bode hatte den Schlüsselbund nicht verlegt. Diese Leute hatten ihn geklaut! Sie trafen sich, um nachts das Bergwerk zu erkunden. Die drei !!! warteten ab, ob weitere Nachtschwärmer kamen, aber es blieb ruhig. Auch oberhalb von ihnen tat sich nichts mehr.
Schließlich setzten sich die Mädchen wieder in Bewegung. Praktischerweise hatten die Jungen eine Schneise ins Unterholz getrampelt. Der moosige Waldbogen wurde nun zunehmend steiniger. Schließlich gelangten sie zu einer Felswand aus Kalkstein, die im Mondlicht weiß schimmerte. Das Hindernis ragte gut drei Meter empor und sah nicht so aus, als würde man mitten in der Nacht mal eben hochklettern können. Aber das war auch gar nicht nötig. Ein vergitterter Schlund klaffte im Stein: der Eingang zu einem Stollen.
Nachdem sie sich vergewissert hatten, dass die Luft rein war,

schlichen sie vorsichtig näher. Kim war als Erste bei dem Gitter. Es entpuppte sich als Tür. Der Schlüssel steckte zwar nicht, aber die nächtlichen Besucher hatten den Eingang offen gelassen. Die Gittertür war nur angelehnt.
»Sollen wir ihnen folgen?«, wisperte Marie voller Unbehagen.
Kim trat einen Schritt zurück. »Mitten in der Nacht? In Schlafanzügen und ohne die richtige Ausrüstung? Garantiert nicht! Und ganz nebenbei bemerkt würde ich das auch am Tag nicht machen!«
»Ich habe eine Taschenlampe dabei«, wandte Marie ein.
»Vielleicht können wir sie im Stollen belauschen«, fügte Franzi hinzu.
»Ihr wollt da wirklich rein?«, fragte Kim entgeistert. »Ohne Helm?«
»Nur ein paar Schritte«, erwiderte Franzi. Die Abenteuerlust hatte sie gepackt. Natürlich würde sie nicht auf die tieferen Ebenen steigen. Das war viel zu gefährlich. Aber ein paar Meter würden schon nichts ausmachen.
»Ich komme mit«, sagte Marie mit gepresster Stimme.
Franzi unterdrückte ein Lachen. Ihre Freundin sah schon etwas seltsam aus, wie sie vor ihnen stand. In der Reitweste, dem zartgelben Schlafanzug aus Seide, der mit blauen Schmetterlingen bedruckt war, und den Turnschuhen an den nackten Füßen war sie nicht gerade passend gekleidet.
»Was?«, sagte Marie und grinste. »Das ist der neue sportliche Girl-Power Gruben-Look. Bald wird das auch in Mailand und Paris auf den Laufstegen getragen.«

Franzi prustete los, doch Kim blieb ernst. »Ich halte hier draußen Wache. Und nur fürs Protokoll: Das ist purer Leichtsinn!«

»Wir sehen uns nur kurz um«, versprach Franzi, um Kim zu beruhigen. Ihr Verstand meldete sich mit der Botschaft, dass Kim recht hatte. Ihr Gefühl flüsterte jedoch: »Das ist ein prima Abenteuer!«

»Komm.« Marie öffnete vorsichtig das Tor. Dann knipste sie ihre Lampe an. Das Licht streifte braune Steinwände, in die Worte eingeritzt waren.

Franzi entzifferte den Satz: »Ich l be dic.« Vermutlich hatte dort einst *Ich liebe dich* gestanden. Nach ein paar Metern wurden die Zeichnungen immer undeutlicher. Sie kamen an einen Durchgang, der anscheinend schon vor langer Zeit eingebrochen war. Dafür bog ein schmaler Weg nach rechts ab, kaum mehr als eine Felsspalte. Überall lag Geröll, über das sie klettern mussten. Nun wurde der Weg beschwerlicher. An einigen Stellen war die Decke so niedrig, dass sie nur geduckt vorankamen. Irgendwo unter ihnen hallten Geräusche durch den Berg. Schritte, Raunen, fallende Steinchen. Es klang seltsam verzerrt und gespenstisch.

»Die klettern echt da runter«, sagte Marie leise.

Franzi leuchtete in den Gang. »Der Weg verzweigt sich. Was nun?«

Marie wischte sich eine lange blonde Haarsträhne aus dem Gesicht. »Ohne Plan verirren wir uns hier. Wir wissen ja noch nicht einmal, wo es hinuntergeht.«

»Das stimmt«, sagte Franzi widerstrebend. Langsam siegte

doch die Vernunft. »Außerdem haben wir Kim versprochen, dass wir uns nur kurz umschauen.«

Kim stand fröstelnd in der Nähe des Mundlochs. Es behagte ihr gar nicht, dass Franzi und Marie so lange wegblieben. Tagsüber mochte der Wald eine tiefenentspannte Ruhe ausstrahlen, aber in der Nacht war es ein unheimlicher Ort. Schon wieder knackte es im Unterholz. Irgendwo raschelte es und von der Klippe über ihr rieselte Erde hinab. Kim erstarrte. War dort oben jemand? Sie blinzelte. Gespenstische Strahlen aus Mondlicht beleuchteten den hellen Felsen. Etwas stand dort oben, mehrere Meter über Kim. Ein eisiger Schreck durchfuhr sie. Ihr Magen krampfte sich zusammen, ihr Nacken prickelte und ihr Herz setzte zu einem Galoppsprung an. Doch während die eine Hälfte ihres Körpers durchdrehte, schienen ihre Beine plötzlich versteinert zu sein. Wie gelähmt starrte sie auf das Tier, das nun zu ihr hinabblickte. Das zottige Fell leuchtete hell. Sein Maul war zu einem diabolischen Grinsen geöffnet und entblößte eine lange Zunge. So in etwa musste sich Rotkäppchen im Märchen gefühlt haben. Denn das, was dort oben lauerte, war eindeutig ein Wolf!

Ein schrecklicher Schrei hallte durch die Dunkelheit.
»Was war das?« Marie riss die Augen auf.
»Ich weiß es nicht.« Franzi sah sich um. »Ich glaube, es kam von draußen.«
»Kim!«

So schnell es ging, hasteten Franzi und Marie zurück zum Ausgang. Als sie ins Freie kamen, entdeckten sie ihre Freundin erst auf den zweiten Blick. Schreckensstarr stand sie im Schutz einer hohen Fichte. Ihr Gesicht war weiß wie Schnee.

»Kim?«, fragte Franzi vorsichtig. »Was ist los?«

Kim löste sich nur langsam aus ihrer Starre. »Ich ... habe ... den *Kalten Wolf* gesehen!«

»Du machst Scherze!«, flehte Marie. »Ja?«

Ihre Freundin sah allerdings nicht so aus, als machte sie Witze. Im Gegensatz zu Marie war Kim auch keine geborene Schauspielerin.

»Da oben!« Kim deutete mit einem zitternden Finger auf eine Felsenkuppe über dem Stolleneingang.

»Ich sehe nichts.« Marie verengte die Augen. Im fahlen Mondlicht waren weder Mensch noch Tier zu erkennen. »Bist du dir ganz sicher?«

»Da war etwas«, murmelte Kim.

»Etwas?«

»Es war ein Wolf! Das müsst ihr mir glauben. Ein struppiger Wolf. Er hat mich angesehen!«

»Wenn bei der Grube ein Wolf erscheint ...«, sagte Marie. Sie sprach den Satz nicht zu Ende.

»Ich klettere da hoch!«, entschied Franzi. »Und ich weigere mich, an ein Todesomen zu glauben.«

»Wenn das wirklich der *Kalte Wolf* war, solltest du das nicht riskieren«, warf Marie ein. »Du kannst es doch nicht mit einem Werwolf aufnehmen.«

»Mit einem echten Wolf auch nicht«, fügte Kim hinzu.

»Herumstehen ist auch keine Lösung.« Franzi ging an der Felswand entlang. Etwas weiter links vom Stollen wurde sie flacher und ging in einen Hang aus Erde, Gestrüpp und Gesteinsbrocken über. Hier konnte man auch ohne Bergsteigerausrüstung hochsteigen – zumindest, wenn man so sportlich war wie Franzi. Sie zögerte nicht lange.

Während ihre Freundinnen warteten, kletterte sie wie eine Gämse über alle Hindernisse, bis sie die Felskuppe erreicht hatte. Oben angekommen schaltete sie die Taschenlampe ein. Dünne Nebelschleier schwebten zwischen den Bäumen, aber auch hier oben war niemand zu sehen. Dann richtete Franzi den Lichtkegel auf den Boden. Auf dem felsigen Untergrund befanden sich keine Spuren, aber zwei Meter weiter lag eine kleine Senke mit feuchter Erde. Franzi traute ihren Augen kaum. Da waren frische Abdrücke und sie gehörten eindeutig zu einem Tier mit großen Pfoten. Es war die Spur eines Wolfs.

Das Gespenst auf der Reitbahn

An Schlaf war nicht zu denken. Die drei !!! saßen hellwach auf ihren Betten. Franzi hatte mit ihrem Smartphone Fotos von den Abdrücken gemacht und zeigte sie ihren Freundinnen.

Marie schüttelte sich leicht. »Das sind wirklich Wolfsspuren, oder?«

Franzi zögerte. »Die Abdrücke von Hunden und Wölfen unterscheiden sich in kleinen Details. Allerdings bin ich keine Expertin und die Fotos sind etwas unscharf.«

»Das war ein Wolf«, sagte Kim. »Es war echt leichtsinnig von dir, auf die Klippe zu klettern. Da hätte sonst was passieren können. Außerdem …« Kim hielt mitten im Satz inne. »Die Haustür!«

Marie horchte nun ebenfalls auf. »Alex ist zurück.«

»Wollen wir eingreifen oder uns zurückhalten?«

»Konfrontationskurs«, knurrte Franzi. Sie war noch ganz geladen von dem nächtlichen Abenteuer. Mit einem Satz war sie auf den Beinen und steuerte die Zimmertür an. Keinen Moment zu spät. Alex war bereits im ersten Stock angekommen.

»Guten Abend!«, sagte Kim leise, um die restlichen Schierkes nicht zu wecken.
Alex zuckte zusammen. »Hi. Ich ... war noch kurz bei den Pferden.«
Kim gab ein missbilligendes Geräusch von sich. »Ja klar. Eure Ponys stehen also neuerdings in einem Seitenschacht des Bergwerks, oder gehören sie auch zum *Club der Wölfe*?«
»Wir haben euch gesehen«, erklärte Marie.
Alex fluchte leise.
»Wir besprechen das im Zimmer.« Kim hielt die Tür auf. »Deine Eltern müssen das ja nicht hören.«
Widerwillig kam Alex der Einladung nach. »Was wollt ihr von mir?«
»Wir wollen über die Vorfälle im *Kalten Wolf* reden«, sagte Kim. »Uns ist bekannt, dass ihr einen Schlüssel für den Nebenstollen habt. Es ist offensichtlich, dass es sich dabei um einen Schlüssel aus dem Bund handelt, der Herrn Bode gestohlen wurde.«
»Okay«, sagte Alex nur.
»Wie, okay?«, fragte Marie.
»Wir haben den Schlüssel, ja. Aber das war es auch schon.«
Franzi versuchte, Augenkontakt aufzunehmen, doch Alex starrte nur auf den Boden. »Warum schleicht ihr euch nachts ins Bergwerk?«
»Das ist geheim.«
»Oh klar, es geht um den legendären und sagenhaften Geheimbund, nicht wahr?«, sagte Marie kühl.

»Wilderode ist ein Dorf«, sagte Alex verbittert. »Wir können uns nicht ständig aus dem Weg gehen. Entweder man einigt sich mit Leuten wie Lenox oder man hat es verdammt schwer. Ihr habt ja erlebt, wie mies er heute drauf war. Kurz davor hatte ich mich mit ihm gestritten und gesagt, dass ich aussteige.«

»Der Anruf vom heulenden Wolf«, sagte Kim wissend. »So ist das also. Zwingt Lenox euch, in die Mine zu gehen?«

»Nicht direkt«, gab Alex zurück. »Aber es macht auch keinen Spaß, zu den Außenseitern zu gehören.«

»Was ist mit der Sabotage des Museums?«

Alex sah nun doch auf. »Es gibt keine Sabotage. Ich habe neulich den Schlüsselbund mitgenommen, als Björn nicht aufgepasst hat.«

»Habt ihr die Helme genommen und die Lampen benutzt?«

»Nicht alle Leute haben eine eigene Ausrüstung. Wir haben uns hin und wieder etwas geborgt; bis Elva im Haus eingezogen ist. Da konnten wir es nicht mehr riskieren.«

»Habt ihr die Stromleitungen beschädigt?«, wollte Kim wissen.

»Wir haben nichts angerührt.« Alex schüttelte energisch den Kopf. »Dass die Elektrik in der Mine total marode ist, geht doch nicht auf unser Konto.«

»Nun, diese Tatsache ist überaus praktisch für deinen Vater«, sagte Kim forsch. »Er bekommt dadurch immerhin Aufträge als Elektriker.«

Alex schnaubte. »Papa macht Björn einen echten Freundschaftspreis. Woanders bekommt er viel mehr Geld für weniger

Arbeit. Bislang hat er sich auch nicht über mangelnde Aufträge beschweren können.«

»Und was ist mit dem Vater von Lenox?«

»Gernot Oberlachter?« Einen kurzen Augenblick lang wirkte Alex unsicher. »Hm, keine Ahnung. Eigentlich glaube ich nicht an Sabotage. Seid ihr fertig? Ich möchte jetzt ins Bett. Morgen früh ist Reitstunde.«

»Einen Moment noch«, bat Marie. »Hast du heute etwas Unheimliches gesehen?«

Alex sah sie überrascht an. »Was meinst du genau?«

»Ein böses Omen zum Beispiel?«

Alex wich ihrem Blick aus und eilte zur Tür. »Ich muss jetzt echt ins Bett.«

»Die Hälfte der Vorkommnisse gehen also auf das Konto von Alex und dem Geheimclub«, sagte Kim, als sie wieder allein waren.

»Bei dem Rest könnte es sich um Zufälle handeln«, meinte Marie. »Alex glaubt ja auch nicht an Sabotage.«

»Bist du dir sicher?«, fragte Kim. »Vielleicht hat sie ja einen Verdacht, der ein Familienmitglied belasten würde?«

»Zum Beispiel eine große Schwester, die gegen das Museum ist?« Marie streckte sich auf ihrem Bett aus.

Kim nickte langsam. »Das ist gar nicht so abwegig.«

Beim Frühstück hing nicht nur Alex in den Seilen. Kim sah aus, als würde sie beim Brötchenessen einschlafen, und Marie war für ihre Verhältnisse auffällig ungestylt. Dafür war Sindra gera-

dezu unangenehm wach. Im besten Kommandoton erklärte sie der Gruppe, wie der heutige Unterricht ablaufen würde. Alex sollte mit Blake in der Halle trainieren, während Sindra mit den Mädchen auf einen Außenreitplatz am anderen Ende des Grundstücks gehen wollte. Franzis Herz fühlte sich schwer an. Blake zeigte ihr die kalte Schulter und zog mit Alex von dannen. Ein zentnerschwerer Kloß bildete sich in Franzis Hals.
Es ging ihr erst besser, als sie auf dem Rücken von Rumpelstilzchen durch die Sandbahn ritt. Der freche Ponywallach verlangte ihre komplette Aufmerksamkeit. Mal erschreckte er sich vor Sindras Kaffeebecher, der auf einer Bank neben der Reitbahn stand, mal drehte er durch, weil ein paar Blätter auf dem Hufschlag lagen. Beim Zwitschern eines Vogels machte er spontan einen Satz nach vorn und Franzi wäre beinahe aus dem Sattel gerutscht.
»Er testet dich«, sagte Sindra.
»Das merke ich schon«, entgegnete Franzi. Ihr war klar, dass der kleine Wallach im Grunde nicht wirklich schreckhaft war. Es machte ihm einfach Spaß, durchzudrehen. Hin und wieder hatte auch ihr Pony Tinka solche Momente. Da wurde eine harmlose Straßenlaterne zum wilden Tiger und ein parkendes Auto zu einem Feuer speienden Drachen.
Ein Glück, dass sich das brave Rotkäppchen nicht aus der Ruhe bringen ließ. Kim wirkte auch so schon nervös genug. Sindra nahm sie schließlich an die Longe. So konnte sich Kim endlich wieder etwas entspannen.
Marie kam inzwischen ganz gut zurecht, was daran lag, dass sie

weniger Angst hatte. Franzi wusste, dass ihre Freundinnen niemals Reiterinnen aus Leidenschaft werden würden, aber es war schön, dass sie gerade ihr Hobby mit ihr teilten. Wenn Blake schon nicht an ihrer Seite war. Kaum schweiften ihre Gedanken zu ihrem Freund ab, holte Rumpelstilzchen seine Reiterin wieder in die Gegenwart zurück. Da es auf dem Reitplatz keine neuen Auslöser für Panikattacken gab, erfand er einfach eine unsichtbare Gefahr und drehte wegen nichts durch. Ein Ruck ging durch den Ponykörper, dann preschte er los. Franzi nahm die Zügel auf und lenkte den Wallach auf den Zirkel. Dort machte er ein paar Galoppsprünge, bis er in einen langsamen Trab fiel und schließlich schnaufend in den Schritt wechselte.

»Der hat ein Gespenst gesehen.« Sindra lachte.

Franzi musste an die vergangene Nacht denken. Über den Wolf hatten sie nach dem Gespräch mit Alex gar nicht mehr geredet. War ein echtes Raubtier in der Gegend unterwegs oder war die Legende Wirklichkeit geworden?

»Nicht träumen!«, rief Sindra.

»Ho«, sagte Franzi beruhigend. Rumpelstilzchen tänzelte schon wieder. »Ich bin ja hier.«

So ging es die ganze Stunde. Als sie wieder im Stall ankamen und die Ponys absattelten, war Franzi erschöpft. Sie hielt Ausschau nach Blake, aber weder er noch Alex waren zu sehen. Der freundliche Hänsel stand bereits wieder grasend auf der Koppel.

»Ihr habt jetzt frei«, sagte Sindra, nachdem sie die Ponys versorgt hatten. Mit gezücktem Smartphone huschte sie in den Stall.

»Und was machen wir jetzt?«, fragte Marie. »Ein Schläfchen in der Sonne?«

»Eher einen Lauschangriff«, sagte Kim.

Leise schlichen sie zum Stall. Franzi konnte hören, dass Sindra in der Sattelkammer telefonierte. Ihre Stimme klang aufgeregt.

»Natürlich. Denk an die Fledermäuse! Wir ziehen das jetzt durch!«

Franzi horchte auf. Es war eindeutig, dass Sindra und ihre Freunde nicht gerade das nächste Sommerfest planten. Es war etwas im Busch. Vielleicht sogar eine riesige Sabotage-Aktion?

Ein Hauch Vergangenheit

»Wir müssen Sindra im Auge behalten.« Franzi schlenderte neben ihren Freundinnen durchs Dorf. »Sie ist definitiv eine *kuH* – eine *kriminell undurchsichtige Hauptverdächtige*!«

»Als Detektivin stimme ich dir ja zu«, sagte Marie. »Allerdings hat sie sich in ihrem Zimmer verschanzt. Den Geräuschen nach zu urteilen, schreibt sie am Computer. Wir können doch nicht den ganzen Tag im Haus hocken und warten, dass sie wieder herauskommt. Es sind Ferien!«

»Oberlachters sind ebenfalls Hauptverdächtige«, sagte Kim. »Und meine Süßigkeiten sind alle. Im Kiosk gibt es Nachschub.«

Tiffy Schierke hatte den Mädchen den Weg zum Laden der Oberlachters beschrieben. Er lag nur zwei Straßen vom Ponyhof entfernt.

»Werden wir Björn Bode eigentlich verraten, dass Alex, Lenox und seine Freunde hinter dem Helm-Diebstahl und den benutzten Lampen stecken?«, fragte Marie.

»Wir sollten Alex vorerst nicht anschwärzen«, schlug Kim vor.

»Der Fall ist noch nicht abgeschlossen und wir müssen erst einige Zusammenhänge verstehen.«

»Wir sind am Ziel.« Franzi blieb vor einer Reihe von Läden stehen. Flankiert von einem altmodischen Friseursalon und einer Änderungsschneiderei lag das kleine Geschäft der Oberlachters.

Marie grinste beim Blick auf die verblichenen Zeitschriften und Dekorationen im Schaufenster. »Bevor Herr Oberlachter ein neues Café aufmacht, sollte er mal lieber seinen Laden umgestalten. Die Auslage hat sich seit zig Jahren nicht verändert.«

Kurz darauf stellten die Mädchen fest, dass die Zeit auch im Inneren des Ladens stehen geblieben war. Einzig Lenox passte nicht ins Bild. Er stand hinter der Ladentheke und tippte auf seinem Smartphone herum.

»Hi«, sagte Marie.

Lenox blickte auf. Ein Lächeln huschte über sein Gesicht. »Hoher Besuch vom Ponyhof. Willkommen in den Achtziger- und Neunzigerjahren.«

Kim blieb vor den Gläsern mit den Süßigkeiten stehen. Skeptisch musterte sie die Preisschilder. Sie waren in Pfennigbeträgen angegeben. »Kann man die noch essen?«

»Klar. Wir tauschen die regelmäßig aus«, versicherte Lenox. »Nur der Look ist retro.«

Marie zog eine Augenbraue hoch. »So kann man das auch nennen.«

»Viele Kunden stehen darauf.« Lenox legte sein Smartphone beiseite. »Wir bieten sogar alte Hörspielkassetten und gebrauchte Zeitschriften von früher an. Dafür kommen sogar Leute aus der Stadt.«

Marie, die gerade an einem altmodischen Drehständer mit zerknickten Magazinen stand, stieß einen kleinen Schrei aus. Ihre Freundinnen fuhren herum. »Alles klar?«

»Was ist los?«

»Die muss ich haben!« Marie schnappte sich eine Zeitschrift aus dem Ständer. »Das muss Tessa sehen!«

Verständnislos sah Franzi sich die Titelseite an. Unter dem quietschbunten Logo blickte ein junger Mann mit kinnlangen Haaren verträumt ins Leere. Daneben stand: *Helmut Grevenbroich – Der süße Boy aus* Herzfeuer *verrät seine Flirt-Geheimnisse.*

»Das war Papas erste Rolle im Fernsehen«, erklärte Marie. »Er ging damals noch zur Schule.«

Franzi hatte ernsthafte Schwierigkeiten, sich Maries Vater als *süßen Boy* vorzustellen. Mittlerweile spielte er den markanten Kommissar in der Krimiserie *Vorstadtwache.*

Aber Maries Entdeckung sorgte dafür, dass sie mit Lenox ins Gespräch kamen. »Ich verpasse keine Folge der *Vorstadtwache*«, gab er zu.

Während Kim mit einer Zange Süßigkeiten aus den Gläsern in eine bunte Papiertüte umfüllte, unterhielten sie sich über Serien und Schauspieler. Ohne seine Clique war Lenox überraschend freundlich. Kim wollte gerade das Bergwerk erwähnen, als ein hochgewachsener Mann mit grau meliertem Haar aus einem Nebenraum kam.

Er nickte den Mädchen knapp zu, dann sah er Lenox streng an. »Ich muss los. Deine Mutter übernimmt den Laden in einer halben Stunde. Hast du alles erledigt?«

»Ja, klar. Mach dir keine Sorgen«, sagte Lenox schnell.

Als die Ladentür hinter dem Mann zufiel, wandte sich Lenox wieder den drei !!! zu. »Das war mein Vater. Er ist etwas gestresst, weil er gleich einen wichtigen Termin mit einem Investor hat.«

»Was solltest du denn erledigen?«, fragte Franzi betont gleichmütig.

»Das Altglas sortieren«, sagte Lenox. »Kommt doch morgen wieder, dann gebe ich eine Runde Getränke aus.«

»Gerne.« Marie bezahlte ihre Zeitschrift und Kim zählte das Geld für die Süßigkeiten ab – natürlich in Cent, nicht in Pfennigen.

»Heute kommen wir nicht richtig in Gang«, fand Kim, als sie wenig später wieder im Freien standen. Sie hielt ihren Freundinnen die bunte Tüte hin. »Vielleicht hilft das.«

»Immerhin hat Marie den *süßen Boy aus Herzfeuer* gefunden.« Franzi lachte. Sie sah auf ihre Uhr. »In einer Dreiviertelstunde sollen wir wieder auf dem Hof sein. Das reicht doch noch für einen Kakao in der *Wolfsschenke*.«

»Du hast recht«, sagte Kim. »Wenn wir uns schon nicht im *Café Lomo* bei einem *Kakao Spezial* besprechen können, dann muss es eben ein *Kakao Normal* am Waldimbiss sein.«

»Hey, wisst ihr, was wir wirklich brauchen? Den Powerspruch!«, rief Marie. »Die Batterien müssen mit detektivischer Energie aufgefüllt werden.«

Die drei !!! schworen auf den Powerspruch. Selbst, wenn man nicht an Magie glaubte, hatte er eine zauberhafte Wirkung.

Kim sah sich kurz um, ob sie allein waren, dann streckte sie ihre Hand aus. »Eins!«

»Zwei!« Marie legte ihre Hand auf die von Kim.

»Drei!«, kam es von Franzi, die ihre Hand zuoberst auflegte.

Gemeinsam riefen sie: »Power!!!«

»Es wirkt!« Marie strahlte.

Auch Franzi fühlte plötzlich diese Energie – wie glitzernde Funken aus purem Gold, die durch ihren Körper strömten. Es funktionierte doch immer wieder.

Gut gelaunt machten sich die drei !!! auf den kurzen Weg zum Imbiss.

»Wir sind wohl nicht die Einzigen, die sich stärken wollen«, sagte Kim, als sie bei der Hütte ankamen. Björn Bode und Elva Berg genehmigten sich gerade einen Kaffee und luden die Mädchen ein, sich zu ihnen an den Tisch zu stellen.

»Ich fürchte, wir haben es wirklich mit Sabotage zu tun«, berichtete Björn Bode, als die Mädchen mit dampfenden Kakaobechern von der Theke zurückkamen. »Irgendein Mann hat in meinem Namen beim Amt angerufen und den Termin für die Begehung abgesagt. Zum Glück habe ich heute wegen einer Rückfrage dort angerufen und konnte es rückgängig machen.«

Elva Berg seufzte. »So langsam glaube ich auch, dass jemand dein Museum verhindern will.«

»Ich muss die Polizei einschalten«, sagte Björn Bode. »Wer weiß, was als Nächstes passiert. Für euch Kinder ist das eine Nummer zu groß.«
»Wir sind noch jung«, warf Kim ein, »aber ich kann Ihnen versichern, dass wir schon einige Verbrecher überführt haben.«
Herr Bode sah nicht überzeugt aus. Dafür unterstützte Elva Berg die Mädchen. »Björn hat mir eure Karte gezeigt, und ich finde, dass man starken Mädchen eine Chance geben soll.«
»Meinst du?« Björn Bode sah seine alte Jugendfreundin an und sein Blick wurde weich.
»Klar. Es geht ja schließlich nicht um Schwerverbrecher.«
»Wenn du das sagst, dann werde ich die drei !!! weiter ermitteln lassen«, entschied Björn Bode. »Aber wenn wieder etwas passiert, schalte ich sofort die Polizei ein. Außerdem bleibe ich dabei, dass niemand auf eigene Faust in die Grube geht!«
»Das ist doch klar«, sagte Kim. »Das würden wir nie tun.«
Franzi schaute in eine andere Richtung. Nicht, dass sie sich noch verriet. Immerhin war sie in der Nacht mit Marie im Bergwerk gewesen. Auch, wenn sie sich nur ein paar Meter weit hineingetraut hatten.
»Na, wollt ihr noch etwas?« Ein Mann mit roten Locken humpelte gerade mit einem Tablett zu ihnen herüber. Es war der Wirt, den Alex am Vortag gegrüßt hatte.
»Heute nicht mehr«, sagte Elva freundlich. »Wir haben noch viel vor.«
»Schade«, sagte der Mann. »Ich hätte gerne länger mit euch geplaudert. Alles klar im *Kalten Wolf*?«

»Ich kämpfe noch mit ein paar Schwierigkeiten, Christian«, gab Björn Bode zu.
»Brauchst du Hilfe?«
»Wir schaffen das schon«, versicherte Elva.
»Sehr gut«, sagte der Mann namens Christian. »Ich kann es kaum erwarten, deine zukünftigen Besucher in unserer *Wolfsschenke* zu bewirten.«
»Freu dich doch erst einmal über mich«, sagte Elva Berg mit einem spitzbübischen Lächeln.
Der Mann deutete eine Verbeugung an. »Elvilein, es ist mir eine Ehre, dich nach so vielen Jahren wieder in Wilderode begrüßen zu dürfen.«
Die Erwachsenen lachten, doch dann wurde der Wirt wieder ernst. »Björn hat erzählt, dass du allein in den *Kalten Wolf* hinabsteigst. Das macht mir Sorgen.«
»Ich bin Speläologin«, gab Elva Berg zurück.
»Genau deshalb weißt du auch, dass man nie allein gehen sollte.« Der Wirt stellte die leeren Kaffeebecher zu den Gläsern auf sein Tablett. »Komm doch mal abends vorbei, dann reden wir über alte Zeiten.« Er lächelte in die Runde und humpelte dann zurück zu einer Bude.
»Was ist mit seinem Bein?«, fragte Marie nachdenklich.
»Ein Unfall«, erklärte Elva Berg. »Ist aber schon lange her.«
»Sagt mal, müssen wir nicht zurück zum Ponyhof?« Marie blickte auf das Display ihres Smartphones.
Kim sprang auf. »Frau Schierke wartet bestimmt schon.«

Eine böse Botschaft

Für den Nachmittag war eine Ausfahrt geplant. Tiffy und Sindra holten dafür die Kaltblüter von ihrer Weide. Jorinde und Joringel entpuppten sich als gutmütige braune Riesen. Geduldig ließen sie sich vor den Planwagen spannen.

Kim hielt allerdings lieber Abstand. »Habt ihr die gigantischen Hufe gesehen? Nicht, dass sie damit noch ausschlagen!«

»Unsere Großen sind sehr gut erzogen«, sagte Tiffy Schierke gut gelaunt. »Man kann sie übrigens auch reiten.«

»Und sie können umgestürzte Bäume aus dem Wald ziehen«, fügte Sindra hinzu.

»Die sind bestimmt super«, meinte Blake. »Aber ich habe irgendwie keine Lust auf einen Ausflug.«

»Kein Problem«, meinte Alex. »Sindra und ich bleiben eh hier.«

Franzi wollte etwas sagen, verkniff es sich jedoch. Schweigend stieg sie zu ihren Freundinnen auf den Wagen. Kurz darauf trabten Jorinde und Joringel über einen Forstweg in Richtung Süden. Immer höher kamen sie. Schließlich legten sie eine Pause an einem Bach ein. Dort konnten die Pferde trinken, während die Mädchen zu einer kleinen Aussichtsplattform auf einem Felsen kletterten. Franzi blickte in das lang gezogene Tal hinab und auf die bewaldeten Höhen. Etwas unterhalb von ihnen befand sich ein Felsplateau, auf dem ein einziges Gebäude stand.

»Das ist das Maschinenhaus der Grube«, erklärte Tiffy Schierke, während sie eine Holzkiste neben den Mädchen abstellte. »Es steht auf dem Förderschacht.«

»Es sieht ziemlich baufällig aus«, fand Kim. »Besonders das Dach.«

Ihre Gastgeberin nickte betreten. »Da wird Björn wohl einiges investieren müssen. Die hohen Tannen am Hang darüber müssen auch weg. Da ist der Borkenkäfer drin. Eine lästige Plage, kann ich euch sagen. Aber nun zu den angenehmen Dingen. Möchtet ihr einen Snack?« Sie öffnete die Kiste. Darin waren Flaschen mit Limonade, verschiedene Muffins und herzhafte Törtchen mit Käsekruste. Alle griffen zu.

»Herrlich«, sagte Franzi nach den ersten Bissen zu ihren Freundinnen. »Man muss den Moment genießen, egal, was sonst gerade schiefläuft!«

»Eine gute Entscheidung!« Kim lächelte. »Da schließe ich mich an. Ich vermisse David heute einfach mal nicht.«

Marie nickte entschlossen. »Und ich denke nicht an Jakob!«

Sie gönnten sich gemeinsam mit Tiffy ein ausgiebiges Picknick. Jorinde und Joringel dösten vor sich hin, im Wald sangen die Vögel ihre Lieder und ein Eichhörnchen huschte vor ihnen

über den Weg, um dann keckernd auf einem Baum zu verschwinden.
»Ferien, Freunde und Verpflegung«, sagte Kim zufrieden. »Mehr brauche ich nicht.«

Auf dem Rückweg hielten sie beim *Kalten Wolf*. Die drei !!! wollten sich noch einmal umsehen, und Tiffy Schierke hatte Björn Bode angeboten, irgendeinen Plan zu begutachten.
»Tiffy ist gelernte Trockenbaumonteurin«, erklärte Herr Bode. »Und sie muss mir einen Tipp geben, wie ich das Obergeschoss des Wohnhauses umbauen kann.«
Die Erwachsenen fachsimpelten eine Weile über Leichtbauwände und Brandschutz, während die Mädchen zur Kaue schlenderten.
»So sieht man sich wieder!« Elva Berg trat aus der Hintertür des Wohnhauses und gesellte sich zu ihnen. Sie trug ihre Höhlenausrüstung. »Hat Björn es eben schon erzählt?«
»Was denn?«, fragten Franzi und Kim beinahe gleichzeitig.
»Ich habe im *Kalten Wolf* etwas entdeckt, gleich nach der kleinen Pause am Imbiss. Wartet mal.« Elva Berg kramte in ihren Taschen und zog ihr Handy hervor. Statt einer einfachen Hülle war es mit einem festen Schlagschutz aus Metall gesichert. Sie tippte kurz auf dem Bildschirm herum, dann hielt sie den Mädchen das Handy hin. Franzi erkannte das Foto einer Felswand. Im Blitzlicht schimmerten rote Buchstaben auf dem dunklen Stein: *Ich warte in der Dunkelheit! Mein Reich ist euer Tod!* Daneben prangte der große, blutrote Abdruck einer Pfote.

»Uff«, machte Marie.

Elva Berg nickte. »Leute, die im Amt anrufen und Termine verschieben – das klingt für mich nach Sabotage. Aber das hier ist unheimlich. Ich habe die Schrift in einem halb verschütteten Stollen gefunden, tief unter der Erde. Dort gelangt man nicht mal so eben hin.«

»Könnten Sie uns das Bild weiterleiten?«, bat Kim. »Ich möchte es mir genauer ansehen.«

»Natürlich.« Elva Berg ließ sich Kims Handynummer geben und tippte erneut auf dem Display herum. Kurz darauf ertönte ein Signalton in Kims Jackentasche.

»Ich muss weiterarbeiten.« Die Speläologin verabschiedete sich von den drei !!!.

Auch Tiffy Schierke und Björn Bode waren mit der Besprechung fertig.

Bei der kurzen Planwagenfahrt zum Hof starrte Kim nachdenklich auf ihr Handy. »Wir müssen unbedingt mit Alex reden.«

Die Gelegenheit dazu ergab sich gleich nach der Ankunft auf dem Hof. Tiffy Schierke wollte das Abendbrot vorbereiten und Sindra war unterwegs. Auch Blake ließ sich nicht blicken. Die drei !!! halfen Alex, Jorinde und Joringel abzuschirren und trocken zu reiben. Das hieß, Alex und Franzi kümmerten sich um die Pferde. Kim traute sich noch immer nicht an die sanften Riesen heran und Marie brachte ebenfalls lieber das Geschirr in die Sattelkammer.

»Wegen gestern …«, setzte Franzi an, während Alex die riesigen Hufe auskratzte.
»Schon gut«, sagte Alex. »Das Thema ist abgeschlossen.«
»Leider nicht«, entgegnete Kim.
Jorinde schaute aufmerksam in ihre Richtung und Kim machte schnell einen Schritt zurück.
»Hör mal, Alex«, sagte Marie, die inzwischen aus der Sattelkammer zurück war. »Wir finden es sowieso heraus – und wenn wir dafür mit deinen Eltern sprechen müssen.«
»Das ist doch total unfair!« Alex stand fassungslos da, den Hufkratzer erhoben.
Kim schüttelte den Kopf. »Das, was ihr nachts macht, ist lebensgefährlich. Wir können doch nicht zulassen, dass du umkommst, weil du diesen Angeber beindrucken willst.«
»Ich habe euch doch schon alles gesagt.« Alex lehnte sich missmutig an die Wand.
»Nicht alles«, widersprach Marie. »Steckt Sindra hinter der Sabotage?«
Alex runzelte die Stirn. »Ich weiß es nicht. Aber den Gruselkram hat sie sich garantiert nicht ausgedacht.«
»Wovon sprichst du?«
»Ich muss die Pferde fertig machen. Wie wäre es, wenn ihr zur Abwechslung mal redet?«
»Schön«, sagte Kim energisch. »Du gehörst vermutlich zum *Club der Wölfe*. Ihr seid ein Rudel aus sechs Adrenalinjunkies, die sich Nacht für Nacht in Gefahr begeben.«
»Es ist eine alte Tradition«, sagte Alex knapp.

»Vermutlich streng geheim, aber wir brauchen trotzdem mehr Informationen.«

»Ich werde nichts sagen.«

»Schade, dann müssen wir wohl doch mit Björn Bode reden ... oder mit deinen Eltern.«

»Bloß nicht!« Alex warf Kim einen finsteren Blick zu. »Wir haben in der Kaue eine Kiste mit altem Kram gefunden. Darunter war auch ein Tagebuch aus den alten Zeiten des Clubs. Wir glauben, dass Walter Hoppendiezel der Verfasser ist. Bestimmt war er als Jugendlicher auch im *Club der Wölfe*. Im Buch werden Abstiege zu den tieferen Eben, Mutproben und Traditionen des Clubs beschrieben. Lenox hat es mitgenommen. Er ist jetzt der neue Anführer.«

»War ja klar«, sagte Franzi. »Durftest du das Tagebuch denn lesen?«

»Ich habe mal reingeschaut.« Alex wandte sich wieder den Kaltblütern zu, die mit halb geschlossenen Augen dösten. »Es ist spannend. Der letzte Eintrag endet, nachdem es einen Unfall gab.«

»Im Bergwerk?«, wollte Marie wissen.

»Wo denn sonst?« Alex seufzte. »Ein Junge wurde von einem Steinschlag erwischt und schwer verletzt.«

»Vielleicht hat Herr Hoppendiezel die Grube deswegen so fest verschlossen«, überlegte Marie.

»Ich glaube nicht«, entgegnete Alex. »Die Absperrungen wurden erst viele Jahre später errichtet, als meine Eltern schon zur Schule gingen. Walter hat von einem Tag auf den anderen alles verbarrikadiert. Ernchen meint, er habe damals den Wolf am Berg gesehen und es mit der Angst bekommen.«

»Ist das so abwegig?«, hakte Marie nach.

»Hm«, machte Alex nur. »Björn hat jedenfalls keine Bedenken. Er fürchtet weder Werwölfe noch ungebetene Besucher.«

»Der Fall von dem verletzten Jungen sollte doch allen eine Lehre sein«, meinte Kim. »Lebt der Mann noch hier im Dorf?«

»Keine Ahnung«, sagte Alex. »Er muss inzwischen ziemlich alt sein – älter als Ernchen.«

Kim nahm Alex genau in den Blick. »Du hast uns gesagt, dass du nichts mit der Sabotage zu schaffen hast, aber gilt das auch für Lenox?«

Alex zögerte. »Lenox redet nicht gerade viel mit mir. Es kann schon sein, dass er eigene Pläne hat. Vielleicht will er Björns Museum sabotieren, vielleicht versucht er auch nur, uns Angst einzujagen.«

»Sprichst du von dem Gruselkram, den du eben nicht erklären wolltest?«

»Da unten ist etwas.« Alex rang sichtlich mit sich. »Wir haben auf der dritten Ebene Fellbüschel gefunden und dann war da so ein Heulen, wie von einem Wolf. Das Geräusch kam aus einem Felsenschlot. Wer immer da geheult hat, muss echt tief unten gewesen sein.«

»Klingt gruselig«, fand Marie.

»Es war heftig«, sagte Alex. »Ich habe echt geglaubt, dass es den *Kalten Wolf* gibt und er uns holen will.«

»Vielleicht war es ein Tonband mit Zeitschaltuhr?«, überlegte Kim.

»Vielleicht«, sagte Alex halbherzig. »Es klang aber nicht nach einer Tonbandaufnahme und es hat die Position gewechselt.«

»War Lenox schon mal auf den unteren Ebenen? Also ganz weit unten? Oder Sindra?«

»Sindra bestimmt nicht. Lenox vielleicht.« Alex beugte sich wieder vor, um den Hinterhuf von Jorinde zu reinigen. »Vielleicht ist es doch ein echter ... ach, egal.«

»Was?«

»Das ist ja wie ein Polizei-Verhör!« Alex stöhnte. »Aber ich muss mit jemandem darüber sprechen, weil es so krass ist. Als ich heute Nacht aus dem Berg kam, habe ich ein Tier gesehen. Ich glaube, es war ein Wolf.«

Marie sprach betont ruhig. »Lenox könnte ihn mitgebracht haben.«

»Quatsch. Wo soll der einen Wolf herbekommen?«

»Gibt es hier in der Gegend überhaupt Wölfe?« Kims Stimme klang nun etwas zitterig, was nach der letzten Nacht kein Wunder war. Mitten in der freien Wildbahn unvermutet auf so ein Raubtier zu stoßen, konnte einem schon zusetzen.

»Hin und wieder ziehen einzelne Tiere durch den Landkreis«, meinte Alex. »Aber es gab lange keine Sichtungen.«

»Möglicherweise ist es doch ein Omen«, sagte Marie, während sie die Trense von Jorinde in einem Wassereimer reinigte. Alex strich schweigend über die Flanke der Kaltblutstute. »Ihr dürft es Lenox niemals verraten, aber ich habe Angst!«

Detektivtagebuch von Kim Jülich
Montag, 19:00 Uhr

Die Ereignisse überschlagen sich! Jemand hat beim Amt angerufen, um die Begehung des Bergwerks abzusagen. Alex ist Mitglied einer Gruppe, die sich Club der Wölfe nennt, und es scheint in der Grube tatsächlich zu spuken. Sie hat uns von Wolfsgeheul und Fellbüscheln berichtet. Und die Höhlenforscherin Elva Berg hat tief unten im Kalten Wolf eine gruselige Botschaft entdeckt: »Ich warte in der Dunkelheit! Mein Reich ist euer Tod!«

Marie ist überzeugt davon, dass wir es sowohl mit einem Saboteur als auch mit einem Geist zu tun haben. Aber ich frage mich, ob ein untoter Mann aus dem späten Mittelalter unsere Druckbuchstaben für eine Nachricht benutzen würde. Ich habe mich mal mit dem Thema befasst. Im Mittelalter gab es eine Vielzahl von gotischen Schriften. Die sahen teilweise schon recht unterschiedlich aus. Aber die Schrift auf dem Foto wirkt zu modern. Wenn ich Schriftproben von unseren Verdächtigen hätte, könnte ich sie mit dem Text aus dem Bergwerk vergleichen.

Franzi findet, dass die Botschaft nach dem alten Ernchen klingt. Frau Bode ist allerdings nicht mehr die Jüngste. Ob sie sich mal so eben auf eine der unteren Ebenen abseilen kann, ist fraglich.

Lenox oder Sindra sind da schon verdächtiger. Immerhin sind beide gegen das Bergwerk. Die Frage ist nur, weswegen die Botschaft so weit unten hinterlassen wurde. Björn Bode hätte sie dort nie entdeckt. Sollte also jemand anderes abgeschreckt werden?

Mich hat eher der Wolf gegruselt. Ich muss zugeben, dass ich den Blick des Tiers nicht vergessen kann. Wenn ich die Augen schließe, sehe ich ihn vor mir – zottelig, vom Mond beschienen, oben auf der Klippe. Ich konnte nur schreien. Meine Beine wollten sich nicht bewegen. Meine Knie waren wie Gummi und mein Herz ist fast durchgedreht. Ich dachte schon, der Wolf springt zu mir hinunter und greift an. Da-

nach musste ich immer an die Worte vom alten Ernchen denken: »Wenn am Berg bei der Grube ein Wolf erscheint, stirbt ein Bergmann.«
Mich kriegen keine zehn Pferde in die Grube, das steht jetzt fest!

Geheimes Tagebuch von Kim Jülich
Montag, 19:27 Uhr

► Dieses Buch ist mein Reich! Ich lauere im Dunkeln. Lesen verboten! ◄
Jetzt übertreibt Blake es aber echt! Ständig zieht er sich zurück oder hängt mit Alex ab. Alex sieht gut aus. Und ist noch dazu sportlich. Ob Blake sich gearde in sie verliebt? Ich würde mich so gerne einmischen und mit ihm reden, aber ich weiß, dass Franzi das nicht möchte. Marie versucht, optimistisch zu bleiben. Sie meint, dass Blake sich bestimmt bald beruhigt. Danach sieht es jedoch nicht aus. Ich fürchte, dass er sich von Franzi trennen wird – falls Franzi nicht zuerst Schluss macht. Heute schien sie tierisch wütend zu sein. Sie hat ihm beim Abendessen die kalte Schulter gezeigt.
David hat sich heute übrigens nicht gemeldet. Keine einzige Nachricht! Was ist nur los? Befinden wir uns im großen Funkloch der Liebe? Kein Herzempfang?
Warum ist Liebe nur so unendlich kompliziert?

Die üblichen Verdächtigen

Der nächste Tag begann mit einem kurzen Frühstück und geteiltem Reitunterricht. Alex ließ zuerst Marie und Kim in der Bahn reiten, danach war Blake an der Reihe. Franzi durfte mit Sindra ausreiten – eine gute Gelegenheit, sie auszuhorchen.
Franzi brachte das Gespräch geschickt auf das Thema Tierschutz, was leider nur dazu führte, dass Sindra Fragen stellte. Sie wollte wissen, was für ein Pony Tinka war, ob Franzi in der Tierarztpraxis ihres Vaters helfen durfte und wie Franzi zu ihrem hinkenden Huhn Polly gekommen war. Schließlich kam die Galoppstrecke und sie stellten das Gespräch komplett ein. Rumpelstilzchen kannte den Weg genau und wurde schon unruhig, als der Reitweg in Sicht kam. Er schlug mit dem Kopf und drehte aufgeregt die Ohren.
»Lass ihn ruhig laufen«, sagte Sindra. Und dann trabte sie auch schon an.
Franzi hoffte inständig, dass sie bei Lenox Oberlachter erfolgreicher sein würde.

Kim hatte das Gefühl, Darstellerin in einem Märchenfilm zu sein. Gleich nach dem Reitunterricht war sie mit Marie zu Ernchen Bode gegangen. Die alte Frau wohnte nur einen kurzen Fußweg vom Ponyhof entfernt in einem kleinen Fachwerkhaus. Jetzt saßen die Mädchen zwischen Kräutern, Büchern und Kerzen in einer vollgestellten Küche. Marie berichtete Ernchen alles über ihre unerwünschten Gefühle für Jakob.
Kim sah sich unterdessen um. Als sie eine Reihe von Fotos entdeckte, zog sich ihr Magen zusammen. Das war eindeutig der Wolf von der Klippe. »Was sind das für Fotos?«
»Das war Mondlicht, meine geliebte Tamaskan-Hündin.« Ernchen goss heißes Wasser in eine Teekanne. In ihren Augenwinkeln schimmerten Tränen. »Sie ist sehr alt geworden und doch war die gemeinsame Zeit zu kurz.«
»Das kann ich mir vorstellen«, sagte Kim mitfühlend. Sie dachte an Pablo, ihren fröhlichen Familienhund.
Marie wartete ab, bis Ernchen sich gefasst hatte. »Gibt es zufällig noch andere Tamaskans hier in Wilderode?«
»Nicht mehr.« Ernchen nahm ein Bild von der Wand. Es zeigte die Hündin mit fünf süßen Welpen. »Mondlicht hatte vor Jahren einen Wurf. Die Kleinen sind in liebevolle Hände gekommen, aber die Besitzer sind inzwischen alle weggezogen. Manche kommen ab und zu auf Verwandtenbesuch ins Dorf. Dann schauen sie mit den Hunden bei mir vorbei.« Sie strich liebevoll über das Bild. Dann räusperte sie sich geräuschvoll. »Nun aber zu dem Zauber, der euch hierhergeführt hat. Echte Liebe ist mächtig. Aber man kann durchaus etwas gegen die

Anfänge einer Schwärmerei unternehmen.« Die alte Frau zog einen Stift und einen Zettel zu sich heran. In krakeligen Buchstaben schrieb sie etwas auf. »Das ist ein Zauberspruch, den du heute Abend vor dem Unwetter im Licht des Vollmonds vergraben musst.«
»Unwetter? Die Sonne scheint doch.«
»Zünde drei Kerzen an.« Ernchen reichte Marie den Zettel. »Lies den Spruch drei Mal laut vor, dann puste die Kerzen aus.«
Kim beugte sich zu ihrer Freundin und entzifferte den Zauberspruch. *Lass mich gehen, lass mich frei. Die Liebe, die ist jetzt vorbei. Flamme werde Rauch im Winde, dass mein Sehnen Ruhe finde. War die Liebe noch so groß, heute lass ich Jakob los.*
»Und dann bin ich nicht mehr verliebt?«, fragte Marie hoffnungsvoll.
»Es kommt darauf an, ob du ihn wirklich aufgeben willst. Dein Herz wird den Weg weisen, nicht dein Verstand.«
Kim sagte nichts. Sie blickte nachdenklich auf die krakeligen Buchstaben auf dem Papier. Wer immer die Drohung in der Grube verfasst hatte, Ernchen war es mit hoher Wahrscheinlichkeit nicht.

Frisch geduscht und hungrig betrat Franzi den Laden der Oberlachters. Lenox stand auch heute wieder hinter dem Tresen und tippte auf seinem Handydisplay herum.
»Na, was geht?«, fragte er.
»Mein Blutzuckerspiegel ist im Keller.« Franzi schlenderte zu den Gläsern mit den Süßigkeiten.

»Bedien dich ruhig. Geht aufs Haus.«

»Echt? Womit habe ich das verdient?« Franzi sah auf und grinste ihn an.

»Ich bin einfach nett«, sagte Lenox und erwiderte das Lächeln.

»Soll ich das glauben?« Eigentlich flirtete Franzi nicht mit Angebern, aber jetzt war sie mitten in einem Fall. Außerdem hatte Blake es nicht besser verdient.

»Lass mich raten: Alex hat dir erzählt, dass ich ein unsympathisches Ekel bin.«

»Ich ziehe meine eigenen Schlüsse«, sagte Franzi. »Und ich mag es, wenn mich Leute positiv überraschen.«

»Dann gib mir eine Chance.« Lenox legte sein Handy beiseite. »Das, was du vorgestern beim Imbiss gehört hast, ist nicht so, wie du denkst. Alex und ich kennen uns schon ewig. Wir haben eine Vorgeschichte, die bis in die Kindergartenzeit reicht.«

»Es klang auch etwas nach Kindergarten«, sagte Franzi, wobei sie trotzdem noch lächelte.

Lenox hob die Hände. »Schuldig. Schon verstanden. Aber ich hatte mich mit ihr gestritten und war sauer. Dann bin ich unausstehlich.«

Franzi schnappte sich eine rot-weiße Papiertüte. Mit einer Zange fischte sie kleine Pfirsiche aus Weingummi aus einem Glas. »Ich habe euch übrigens gesehen.«

Lenox sah sie erschrocken an. »Gesehen?«

»Ich habe mit meinen Freundinnen eine Nachtwanderung gemacht«, sagte Franzi so arglos wie möglich. »Wir wollten ein

Mitternachtspicknick machen. Da haben wir mitbekommen, wie ihr in den Stollen gegangen seid.«

»Oh«, machte Lenox.

»Alex will nicht, dass wir ins Bergwerk steigen. Angeblich ist es zu gefährlich.«

»Ist es auch.«

»Aber ihr dürft das?«, fragte Franzi. Schmollen fand sie affig, darum versuchte sie es gar nicht erst.

»Die sind süß-sauer.« Lenox deutete auf die Herzchen, die Franzi gerade in ihre Tüte fallen ließ.

»Dabei ist Liebe ja oft eher bitter-süß«, sagte Franzi. »Du lenkst ab.«

»Das Bergwerk ist eigentlich tabu, aber ich kenne mich dort ganz gut aus.« Er lehnte sich mit den Unterarmen auf den Tresen. »Mein Vater macht mit mir manchmal Höhlentouren. Er hat mir gezeigt, wie man sich unter Tage verhält.«

»Du bist also ein Profi.« Franzi bemerkte, dass die grünen Augen von Lenox strahlten. Im Gegensatz zu Sindra entpuppte er sich als auskunftsfreudig und offenbar wollte er bei Franzi Eindruck schinden. Als Lenox wenig später von seiner Mutter abgelöst wurde, bot er Franzi an, ihr etwas bei sich im Garten zu zeigen.

»Er hat dort ein richtiges Geheimquartier«, sagte Frau Oberlachter schmunzelnd.

»Mama!«

Franzi folgte Lenox grinsend durch einen Flur, der vom Laden zu einem Hinterausgang führte. Ein lang gestreckter, wild wachsender Garten zog sich bis zu einem Haus gegenüber vom Laden.

»Da wohnen wir«, erklärte Lenox. Er führte Franzi zu einer alten Laube, die halb hinter eine Wäscheleine verborgen war.

»Heute ist wohl Waschtag«, sagte Franzi mit einem Blick auf Jungs-Shirts und Spiderman-Unterhosen, die in der Herbstsonne trockneten. Lenox lief dunkelrot an. Schnell sperrte er die Laube auf. »Das hier ist mein geheimes Lager. Du wirst staunen, was ich so alles aufgetrieben habe.«

Lenox war auf seine Ausstellung mindestens so stolz wie Björn Bode auf seine. Er schloss eine Truhe auf und zeigte Franzi Lampen, einen Grubenhelm, Seile, Karabiner und Kreide, mit der man Wege markieren konnte. Franzi stutzte kurz, als sie eine alte Karte des Bergwerks entdeckte. Auf den zweiten Blick stellte sie sich jedoch als Kopie heraus. Neugierig blätterte sie in dem Tagebuch, das Lenox ihr in die Hand drückte.

»Cool, oder? Das muss dem alten Hoppendiezel gehört haben.«

»*Der Club der Wölfe*«, las Franzi. »Leider ohne Jahreszahlen. Und die Leute haben alle Spitznamen.«

»Im *Kalten Wolf* darf man keine echten Namen verwenden – so lautet der Aberglauben.«

Franzi sah auf. »Denkst du das auch?«

Lenox lachte. »Nicht wirklich. Die Mitglieder vom Club haben das damals alles sehr ernst genommen. Für die war das so etwas wie eine Geheimgesellschaft. Wir sehen das etwas lockerer.«

»Aber Mutproben macht ihr auch?«
Lenox nickte. »Ich gebe es zu.«
Franzi studierte die Liste mit den Namen, die sich gleich am Anfang des Tagebuchs befand. Es waren sechs Mitglieder: *Leitwolf Schattenzahn*, *Roter Wolf*, *Nachtwind*, *Dunkelpelz*, *Heuler* und *Loup-Garou*.
»*Loup-Garou* ist das französische Wort für Werwolf«, erklärte Lenox.
»Ich weiß. Hast du eine Ahnung, wer sich dahinter verbirgt?«
»Irgendwelche Freunde vom alten Hoppendiezel, schätze ich.«
Franzi blätterte weiter. »Ich würde das Buch echt gerne in Ruhe lesen.«
»Wir könnten uns doch verabreden und ich lese dir daraus vor«, bot Lenox an.
»Vielleicht.«
»Sag Ja«, bat Lenox.
»Du kannst mir ja mal deine Nummer aufschreiben.«
»Ich sende dir eine Nachricht.«
»Zettel sind viel romantischer«, beharrte Franzi, die noch eine Schriftprobe von Lenox brauchte.
»Altmodisch, aber wahr.« Lenox riss ein Blatt aus einem Notizbuch und schrieb mit Kugelschreiber: »Lesung und Dinner im Kerzenlicht«. Es folgte eine Nummer.
»Oh, sogar mit Kerzenlicht.« Franzi hob die Augenbrauen. Die ungelenke Schrift neigte sich auffällig nach links und sah ganz anders aus als die Buchstaben aus dem Bergwerk. Sie brauchte dringend eine Schriftprobe von Herrn Oberlachter.

»Und?«, fragte Lenox.

»Ich werde es überdenken.«

»Melde dich, okay?«

Statt zu antworten, langte Franzi in die Truhe. »Zuvor musst du mir unbedingt sagen, was das ist.«

»Wolfsfell«, antwortete Lenox. »Das habe ich im Bergwerk gefunden.«

Gespinstmotten und Werwölfe

»Hast du denn noch eine Schriftprobe von Herrn Oberlachter sicherstellen können?«, fragte Kim bei einer kurzen Besprechung im Zimmer der Mädchen.

»Im Laden hängt ein Kalender mit Notizen«, berichtete Franzi. »Ich finde es schwierig, Schriften zu vergleichen. Lenox fällt wohl aus, aber man kann seine Schrift auch verstellen. Ein eindeutiger Beweis ist es also nicht.«

»Sindra schreibt unten gerade ihre Wünsche auf die Einkaufsliste von Tiffy«, berichtete Marie ungeduldig.

»Das sagst du jetzt erst?« Kim war aufgesprungen.

Gefolgt von ihren Freundinnen eilte sie ins Erdgeschoss.

»Irgendwelche Wünsche fürs Abendbrot?«, fragte Sindra. Sie hielt den Stift noch in der Hand.

Kim trat neben sie und blickte skeptisch auf die Liste. »Schokopudding.«

»Den mache ich morgen als Nachtisch.« Tiffy Schierke kam in die Küche. »Sag mal, Sindra, gehst du gleich noch rüber zu Jess?«

»Ja, warum?«

»Ihre Mutter möchte Apfelmus machen, aber bei ihr wüten die Gespinstmotten.«
»Ich weiß.« Sindra reichte ihrer Mutter die Liste. »Der Baum ist direkt vor ihrem Fenster. Beim Lüften wurde ihre Tierliebe täglich auf eine harte Probe gestellt.«
Tiffy Schierke lachte. »Das kann ich gut verstehen. Nimmst du bitte einen Korb von unseren Speckprinzen mit?«
»Das sind Äpfel«, erklärte Sindra, als sie die Blicke der Mädchen sah. »Wartet nicht mit dem Abendbrot. Wir essen heute alle bei Jess.«

Unter einem Vorwand verabschiedeten sich auch die drei !!! von Tiffy.
»Die Schrift könnte passen«, flüsterte Kim. »Wir müssen unbedingt hinterher!«
Alex und Blake kamen auf den Hof. Blake ignorierte Franzi, die sich ebenfalls abwandte. Sollte er doch merken, wie bescheuert er sich benahm. Ihr Blick war fest auf Sindra geheftet, die sich auf den Sattel schwang und mit einem knappen »Bis später« aus dem Staub machte. Das war es dann mit der Überwachung. Zu Fuß würden sie ihr kaum folgen können. Doch Marie reagierte prompt mit einer kleinen Show.
»Warte, Sindra!«, rief sie, als Sindra bereits außer Hörweite war. »Mist! Jetzt hat sie uns die Adresse nicht gesagt.« Sie wandte sich Hilfe suchend an Alex. »Weißt du, wo Jess wohnt? Wir sollen ihrer Mutter ein paar Speckprinzen für Apfelmus vorbeibringen und Sindra ist einfach abgedüst.«

»Jess wohnt in einem roten Schwedenhaus am Alten Teichweg«, sagte Alex. »Folgt einfach dem Bach ins Tal bis zur Sackgasse am Wilderoder Teich.«

Seit dem Morgen hatte sich das Wetter zunehmend verändert. Der Wind frischte auf. Graue Wolken türmten sich über den Berghängen und ein herbstlicher Geruch lag in der Luft. Ernchens Unwetterwarnung schien sich zu bewahrheiten. Doch vorerst war es trocken.
Die drei !!! waren zu Fuß zu dem roten Schwedenhaus am Wilderoder Teichweg gegangen. Jetzt konnten sie mit eigenen Augen sehen, was Tiffy und Sindra erzählt hatten. Der knorrige alte Apfelbaum neben dem Haus war über und über mit weißen Fäden versponnen. Sie glichen dicken Spinnweben, die eine perfekte Halloweendeko abgegeben hätten. Die Apfelernte fiel dieses Jahr definitiv aus. Dafür stellten sich die Gespinstmotten als Glücksfall für die Ermittlungen heraus: Sie wussten jetzt, an welcher Hausseite Jess wohnte, und mussten nicht das gesamte Haus auskundschaften.
Im Schutz von zwei Büschen schlichen sie näher heran. Im ersten Stock war ein Fenster angelehnt. Franzi hörte Mädchenstimmen. Allerdings konnte sie nicht verstehen, worüber geredet wurde. Wenn sie das Gespräch belauschen wollten, mussten sie noch näher heran.
Das war eindeutig ein Einsatz für Franzi. In einen Apfelbaum zu klettern war für sie eine Kleinigkeit. Allerdings musste sie sich überwinden, die weißen Nester zu berühren, in denen bald

die Raupen der Gespinstmotten schlüpfen würden. Sie konnte nicht verhindern, dass sich einzelne Fäden in ihren Haaren verfingen. Franzi wusste, dass es giftige Raupen gab, die auch Menschen gefährlich werden konnten. Wenigstens waren Gespinstmotten ungiftig. Je höher sie im Schutz von Blättern und Weben kam, desto deutlicher wurden die Stimmen. Kurz unterhalb des Fensters hielt sie inne und lauschte.
»Wir ziehen das jetzt durch!«, sagte Sindra entschlossen.
»Aber das ist harte Arbeit!«, erwiderte ein Junge.
»Oh Mann, Nio. Ich habe doch alles vorbereitet.« Das war wieder Sindra. »Morgen treffen wir uns am Grubenweg und gehen gemeinsam hoch zum Bergwerk!«
»Ich habe morgen aber Geigenunterricht.«
»Wir gehen alle oder gar nicht!«, rief Sindra. »Lena, gib dir einen Ruck!«
Franzi triumphierte innerlich. Sie waren auf der richtigen Spur! Doch die Freude war von kurzer Dauer. Über ihr löste sich ein Apfel und landete auf ihrem Kopf. Der Aufprall war nicht besonders hart, kam jedoch überraschend. Franzi verlor das Gleichgewicht und packte den nächstbesten Ast. Ein morsches Krachen verriet, dass es die falsche Wahl gewesen war. Schon sauste sie dem Boden entgegen. Franzi reagierte instinktiv. Mit Schwung landete sie auf einem kräftigen Ast. Ein Regen aus Blättern und fallenden Äpfeln begleitete sie. Über ihr wurde das Fenster nun komplett geöffnet. Das war es dann wohl mit der Beschattung. Franzi sah zu, dass sie vom Baum kam, doch Sindra hatte sie schon entdeckt.

»Franzi?«
Zerknirscht blickte Franzi nach oben zum Fenster. »Hi. Wir bringen euch Speckprinzen.«

Kurz darauf standen sich drei Detektivinnen und vier Umweltschützer im Vorgarten gegenüber. Franzi musste dringend Dampf ablassen. Deshalb verzichtete sie auf Ausreden und kam gleich zur Sache: »Ihr sabotiert das Bergwerksmuseum.«
»Wie kommst du auf so eine bescheuerte Idee?«, fragte der einzige Junge irritiert. »Und wer seid ihr überhaupt?«
»Wir sind die Mädchen, die eure Pläne durchkreuzen«, sagte Marie. »Ihr wollt die Fledermäuse schützen und heckt einen Plan aus, um Björn Bode aufzuhalten.«
»Ja, wir haben einen Plan«, gab Sindra verärgert zu. »Aber dabei geht es nicht um Sabotage. Überzeugt euch selbst.« Sie hielt Franzi schwungvoll einen Ordner hin.
»Was ist das?«, fragte Kim.
»Ein Konzept, das Jess, Lena, Nio und ich mit viel Mühe erarbeitet haben. Für das Museum soll nur ein Stollen geöffnet werden. Die Nebenschächte müssen als Ruhezone für Fledermäuse gesperrt werden.«
»Und von Oktober bis März fordern wir Winterruhe im Bergwerk«, fügte Nio hinzu.
Sindra nickte ernst. »Wir sind bereits im Gespräch mit Biologen und haben Ideen für eine Sonderausstellung rund um Fledermäuse. Es gibt viel zu tun, aber ich schätze, dass es eine tolle Ergänzung zum Museum ist.«

Franzi blätterte verblüfft durch die Mappe. Kim und Marie blickten ihr dabei über die Schulter. »Das ist eine großartige Idee!«

»Warum habt ihr das bislang geheim gehalten?«, wollte Marie wissen.

Sindra verschränkte die Arme. »Meine Mitstreiter hier befürchten, dass Björn uns nicht ernst nimmt. Und Lena muss unbedingt zum Geigenunterrricht.«

»Gar nicht«, verteidigte sich das dunkelblonde Mädchen neben Sindra. »Ich bin dabei.«

»Wir wollten unbedingt abwarten, bis wir ein perfektes Konzept vorweisen können«, erklärte das andere Mädchen – offensichtlich Jess. »Aber jetzt seid ihr dran! Wieso spioniert ihr uns nach? Spielt ihr etwa Detektiv?«

Franzi schoss das Blut in die Wangen. »Hm, so ungefähr.«

Sindra und ihre Freunde lachten. »Nichts für ungut, aber ihr müsst anscheinend noch üben.«

»Anscheinend«, sagte Marie, peinlich berührt. »Vielleicht gibt es am Ende auch gar keinen Fall. Es könnte doch sein, dass es im *Kalten Wolf* wirklich spukt.«

»Absolut«, sagte Nio. Man merkte ihm an, dass er es nicht ganz ernst meinte.

»Quatschkopf!« Jess grinste.

»Nee, echt!«, verteidigte sich Nio. »Mein Vater hat vorgestern am Telefon mit einem alten Schulfreund über das Bergwerk geredet. Er glaubt, dass ein Werwolf den Schatz von Ritter Wolfgang sucht. Abgefahren, oder?«

»Klingt ziemlich seltsam«, fand Sindra. »Das passt gar nicht zu deinem Vater.«

»Vielleicht war es ironisch gemeint?«, gab Kim zu bedenken.

»Na ja«, meinte Jess. »Die Beute von Ritter Wolfgang wurde nie gefunden.«

»Dieser dämliche Schatz ist doch nur eine Legende.« Sindra nahm Franzi den Ordner wieder ab. »Ganz im Gegenteil zu den Fledermäusen. Wir müssen jetzt wirklich weiterarbeiten.«

»Viel Spaß mit dem höllischen Werwolf«, sagte Nio zu den drei !!!. »Nicht, dass er euch auch noch erwischt.«

Franzi wollte etwas erwidern, als ihr das alte Tagebuch einfiel. *Loup-Garou* bedeutete doch Werwolf. Was war, wenn ein höchst reales Mitglied aus dem ehemaligen *Club der Wölfe* tatsächlich nach dem legendären Schatz suchte? Die Frage war nur, ob ein so alter Mensch unbeschadet im Bergwerk herumklettern konnte. Und wie hatte der Vater von Nio davon erfahren?

Eine miese Nummer

Beim Abendessen waren alle tief in Gedanken versunken. Franzi vergaß sogar, sich über Blake zu ärgern. Sie würde mit ihm sprechen müssen, aber nicht heute.
Der Satz über den Werwolf auf Schatzsuche ließ ihr keine Ruhe. Sie hatte mit Kim und Marie darüber geredet. Jemand, der einen Schatz suchen wollte, hatte jetzt vielleicht die letzte Gelegenheit dazu. Schon morgen würden Fachleute in die Grube hinabsteigen. Und wenn sich das Amt einmal eingemischt hatte, würde es garantiert eine lange Liste von Sicherheitsmaßnahmen geben. Das befürchtete auch Lenox, den Franzi gleich nach dem Abendessen anrief.
»Vielleicht werden sie das Bergwerk gründlich verriegeln«, sagte er.
»Vermutlich«, antwortete Franzi. »Schade, oder?«
»Heute Nacht steigt noch eine letzte Tour. Kommst du mit?«
Franzi war überrumpelt. Damit hatte sie nicht gerechnet. »Das ist aber etwas ganz anderes als eine Lesung im Kerzenlicht.«

»Die können wir doch gleich machen. Für ein Date mit dir habe ich immer Zeit.«
»Aber ich weiß nicht, ob ich ein Date mit dir einrichten kann«, sagte Franzi. Da hörte sie ein Geräusch hinter sich – ein missbilligendes Hüsteln. Erschrocken fuhr sie herum. Blake war unbemerkt in den Stall gerollt. Ob er das komplette Gespräch belauscht hatte? Franzi hatte ein Gefühl, als laufe ihr Eiswasser die Kehle hinab. »Ich melde mich später, okay?« Ohne eine Antwort abzuwarten, legte sie auf. »Blake.«
»Das ist mein Name«, sagte Blake kalt.
»Ich …«
»Du hast ein Date?«
»Es ist nicht so, wie du denkst«, sagte Franzi schnell. »Es geht nur um den Fall.«
»Klar«, sagte Blake. »Es geht immer um irgendeinen Fall. Das macht es nicht besser. Mit Gefühlen spielt man nicht.«
»Wir spielen ja auch nicht, wir ermitteln«, verteidigte sich Franzi.
»Es ist und bleibt eine miese Nummer. Ich fahre übrigens morgen heim.« Blake wendete den Rollstuhl. »Eine Auszeit tut uns ganz gut. Ich muss darüber nachdenken, was ich will.«
Franzi versuchte, etwas zu erwidern, aber ihr Kopf war komplett leer. Wie gelähmt stand sie mitten in der Stallgasse. Eine Katze sprang hinter einem Strohballen hervor und strich um ihre Beine. Franzi hoffte, aufzuwachen, aber das hier war leider kein Traum.

Franzi saß im Zimmer der Mädchen. Bislang hatte sie es geschafft, die Tränen zurückzuhalten, aber jetzt brachen sie aus ihr heraus. Marie und Kim nahmen ihre Freundin in den Arm. Das tat gut. Auch die Tränen hatten etwas Befreiendes. Sobald sie fließen durften, wuschen sie die ganze Wut und Trauer aus Franzi hinaus. Schließlich schluchzte sie nur noch leise in Kims Schulter.

»Willst du reden?«, fragte Marie sanft.

Franzi schüttelte den Kopf. »Ich möchte den Fall lösen – jetzt erst recht. Als Erstes rufe ich Lenox an«, entschied Franzi. Sie wischte sich mit dem Handrücken die Tränen aus dem Gesicht. »Er soll einfach herkommen und das Tagebuch mitbringen. Eine romantische Lesung kann er mir an der Weide geben.«

»Hör mal«, sagte Marie und deutete zum Fenster. Winzige Regentropfen klopften an die Scheibe. »Ich würde den Stall vorschlagen. Dann setzen Kim und ich uns in eine leere Box und hören zu.«

»Oder wir teilen uns auf«, sagte Kim. »Marie lockt Lenox und dich unter einem Vorwand aus dem Stall und ich mache schnell Fotos von den Tagebuchseiten.«

»Das ist eine gute Idee.« Franzi weinte nun nicht mehr, dafür übernahmen die Wolken diesen Dienst. Aus den ersten leichten Tropfen wurde bald ein dichter Regen.

Als Lenox auf den Hof kam, fielen ihm die schwarzen Haare in nassen Strähnen ins Gesicht.

»Gut, dass ich das Tagebuch in eine Plastiktüte gepackt habe«, sagte er gleich nach der Begrüßung.

Franzi zeigte ihm eine Ecke, in der Satteldecken auf alten Strohballen lagen. Hier konnte man bequem sitzen, während draußen der Regen prasselte. Lenox stellte eine Thermoskanne vor Franzi ab. Er beugte sich vor und flüsterte. »Das ist kein Tee, sondern Rotwein.«

Franzi verzog das Gesicht. »Ich lehne dankend ab. Traubensaft mag ich nur unvergoren. Du wolltest mich doch positiv überraschen, oder?«

»Wie wäre es mit Cola?« Lenox holte eine kleine Flasche aus seinem Rucksack.

»Sehr gern.« Franzi lächelte ihn aufmunternd an.

Es kostete sie einige Überwindung. Blakes Worte hatten sie härter getroffen, als sie es sich eingestehen wollte. Der Satz *Es ist und bleibt eine miese Nummer* spukte in ihrem Kopf herum. Lenox schien nichts zu bemerken. Auch davon, dass Kim in der Box gegenüber lauerte, hatte er keine Ahnung. Oder dass Marie im Haus auf ihren großen Auftritt wartete.

Franzi musste gestehen, dass Lenox nicht nur angenehm sportlich nach Duschgel roch, sondern auch noch ein erstaunlich guter Vorleser war. Er hauchte den düsteren Szenen mit seiner Stimme Leben ein und las über den Club, die Mutproben und die Suche nach dem Schatz des *Kalten Wolfes*. Einstürze in der Tiefe hatten Durchgänge zu natürlichen Höhlenräumen zwischen der vierten und fünften Sohle geschaffen.

»Vielleicht schaffen wir es ja heute Nacht auch bis dorthin«, unterbrach Lenox seine Lesung. »Allerdings scheint es ganz schön gefährlich zu sein. *Loup-Garou* und *Roter Wolf* sind irgendwann alleine losgezogen. Die anderen waren weiter oben, doch sie haben den Steinschlag in der Tiefe zum Glück gehört. Es war …«

Genau in diesem Augenblick platzte Marie in den Stall. In ihrer tropfnassen Regenjacke spielte sie ein aufgewühltes Mädchen am Rande des Nervenzusammenbruchs. »Kommt schnell, bitte!«

Franzi tat überrascht. »Was ist?«

»Ich habe etwas gesehen!« Maries Stimme klang panisch. »Nun kommt schon, beeilt euch! Bitte sagt mir, dass ich nicht verrückt werde!«

Franzi bewunderte Maries Talent. Lenox zweifelte keine Sekunde an ihrer Darbietung. Ohne zu zögern, warf er seine Jacke über und folgte Marie mit Franzi ins Freie.

Marie lief zwischen den Pfützen hindurch zum Waldrand. »Da war eine Erscheinung. Ein komisches Licht.«

»Ein Licht?« Lenox wirkte plötzlich verunsichert. »Wo denn?«

»Dort hinten! Ich sage euch, das war ein Geist! Ich habe das gespürt.« Marie machte unsichere Schritte in Richtung Wald, weg vom Stall.

»Sollen wir nachgucken?«, bot Franzi an. »Bestimmt gibt es dafür eine logische Erklärung.«

»Ja bitte!«, sagte Marie mit zitternder Stimme.

Natürlich fanden sie nichts. Aber Lenox und die Mädchen

waren eine ganze Weile beschäftigt. Als sie zum Hof zurückkehrten, plapperte Marie immer noch aufgeregt vor sich hin. »Danke, dass ihr mich nicht ausgelacht habt. Da war wirklich etwas. Aber ich will euch nicht weiter stören. Ich denke, ich brauche jetzt einen heißen Kakao im Haus.«

Franzi und Lenox verabschiedeten sich von ihr und traten in den dunklen Stall. Erleichtert stellte Franzi fest, dass Kim wieder in der Box verschwunden war. Sie hoffte inständig, dass es ihrer Freundin gelungen war, Fotos vom Tagebuch zu machen.

Lenox achtete nicht auf das Buch. Er war dicht vor Franzi stehen geblieben – viel zu dicht! Sanft schob er eine nasse Strähne aus ihrem Gesicht. Was hatte er vor? Wollte er sie etwa küssen? Jetzt beugte er sich auch noch langsam vor. Franzi fiel in eine Art Schockstarre – unfähig, zu handeln.

»Was ist denn hier los?« Alex trat in den Stall.

»Nichts, Kerl.« Lenox wurde rot.

»Nichts sieht anders aus«, erwiderte Alex ungehalten. »Franzi, du kannst schon reingehen. Gleich gibt es Abendbrot.«

»Okay«, sagte Franzi, dankbar dafür, der unangenehmen Situation zu entkommen. Sie lächelte Lenox zu. »Wir sehen uns ja noch.«

Er zwinkerte ihr zu. »Klar. Ich freue mich!«

Wider Erwarten blieb das große Unwetter aus. Der Regen ließ um kurz vor zehn nach. Riesig und blass schien der Vollmond zwischen rastlosen Wolkenfetzen hindurch. Zeit für Marie, ihr Ritual zu vollziehen. Franzi und Kim warteten mit gebührendem Abstand darauf, dass ihre Freundin den Spruch aufsagte und den Zettel vergrub.

Franzi fühlte mit ihr. Sie wollte, dass Marie wieder glücklich war. Und wenn dieses Ritual half, würde sie es beim nächsten Vollmond selbst durchziehen – mit Blakes Namen. *Lass mich gehen, lass mich frei. Die Liebe, die ist jetzt vorbei.* Schon der Gedanke daran brach ihr das Herz.

»Fühlst du dich jetzt besser?«, fragte Kim, als Marie fertig war.

»Ja«, sagte Marie eine Spur zu schrill. »Ich glaube, ich mag jetzt nur noch Holger. Das mit Jakob ist vorbei!«

Kim nickte mitfühlend. »Nur eine Frage noch: Wir glauben doch trotzdem noch alle an die Liebe, oder?«

»Ich bin viel zu romantisch veranlagt, um das nicht zu tun«, bekräftigte Marie. »Aber es muss der Richtige sein.« Sie nahm ihre Freundinnen in die Arme. »Jetzt kommt. Wir haben noch viel vor.«

»Und ob.« Franzi spürte ein seltsames Kribbeln im Bauch.

Der grobe Plan war, dass Franzi den *Club der Wölfe* bis zum ersten Abstieg begleiten würde. Unterwegs wollte sie Ausschau nach dem Saboteur halten und die Mitglieder des Clubs aufmerksam beobachten. Nur für den Fall, dass doch einer von ihnen an der Sabotage beteiligt war. Sobald es in die Tiefe ging, würde sie Bedenken anmelden und umkehren. Ihre Freundinnen planten, bei der Grube Wache zu halten. Wenn alles gut lief, konnten sie den Saboteur auf frischer Tat ertappen und die Polizei rufen.

Im Rausch der Gefahr

Franzi fröstelte, als sie neben Lenox auf die anderen wartete. Jetzt, gegen Mitternacht, frischte der Wind merklich auf. Der Vollmond war nun komplett hinter den Wolken verborgen. Franzi kam es so vor, als wartete der Wald um sie herum auf etwas. Vielleicht kam doch noch das große Unwetter, das Ernchen angekündigt hatte. Zunächst kamen jedoch nur zwei Leute den Hang hinauf: ein Junge und Alex.

»Na endlich. Da sind Susi und *Winterwolf*.«

»Hi, *Oberwolf*«, begrüßte Alex ihren Anführer. Dann entdeckte Alex Franzi. »Was machst du denn hier?«

»*Feuerwolf* begleitet uns«, erklärte Lenox. Als er Franzis fragenden Blick sah, fügte er hinzu: »Feuer – wegen deinen roten Haaren. Klingt doch besser als Susi.«

»Das ist finnisch für Wolf«, murmelte Alex.

»Die anderen haben alle Angst«, sagte *Winterwolf*, als Lenox den Stollen aufschloss. »Wegen der bösen Omen. Mir macht der Hang aber mehr Sorge. Erinnert ihr euch noch an den Erdrutsch im Frühjahr?«

»Das war drüben am Wolkenkopf«, warf Lenox ein. »Nach einem heftigen Regen.«
»Ich meine ja nur …«
Lenox lachte auf. »Wir sollten dich umbenennen. Wie wäre es mit *Panikpinscher* statt *Winterwolf*?«
»Haha. Ich komme ja mit.«
»Bereit?« Lenox öffnete die Gittertür. Sie quietschte leise. »Ich suche den Weg und ihr folgt mir. Wir bleiben dicht beieinander. Keine Extratouren.«
Lenox führte die kleine Gruppe recht zügig durch das Labyrinth aus Gängen. Es gelang Franzi, unauffällig ein paar Kreidepfeile an den Wänden zu hinterlassen. So würde sie den Rückweg auch allein finden. Inzwischen war sie sich aber gar nicht mehr so sicher, dass sie aufhören wollte. Sie spürte, wie ihr Adrenalinspiegel mit jedem Schritt stieg. Ihre Sinne waren geschärft, zu hundert Prozent aktiv. So musste es Blake gehen, wenn er oben auf der Halfpipe Schwung nahm, um mit dem Rollstuhl in die Tiefe zu sausen. Es war ein mächtiger Kick. Und er verdrängte alles – sogar düstere Gedanken.
Als sie sich erfolgreich durch einen schmalen Gang voller Geröll gearbeitet hatten, gelangten sie an ein hüfthohes Loch im Fels. Lenox leuchtete in die Finsternis auf der anderen Seite. »Da müssen wir durch, *Feuerwolf*. Aber es wird eng!«
Einer nach dem anderen zwängten sie sich durch den Schlund. Franzi musste mehrere Meter auf allen vieren hinter Lenox über den Boden rutschen, bevor sie wieder aufrecht gehen konnten. Ohne Steinschlaghelm und Ausrüstung wäre das für

sie nicht schwierig gewesen. Jetzt aber trug sie noch ein Seil, Karabinerhaken, eine Trinkflasche und ein kleines Notfallset mit sich. Franzi atmete auf, als sie wieder aufrecht stehen konnte.

Lenox grinste. »Jetzt kommt auch schon der Schacht zur zweiten Sohle.« Er trat zur Seite und gab den Blick auf einen Spalt im Boden frei. Die unebenen Wände wölbten sich so sehr zur Seite, dass man den Boden nicht sehen konnte.

»Keine Sorge. Dieser Abstieg ist nicht tief – nur etwas eng.« Lenox befestigte sein Seil an einem Eisenhaken.

Er kletterte als Erster, dann folgte Franzi. Es war unheimlich, ohne Sicherungsgurt zu klettern. Als sie endlich wieder festen Boden unter den Füßen hatte, setzte ein unerwartetes Glücksgefühl ein. Lenox klopfte ihr sanft auf die Schulter. »Heftig, oder? Nach dem Adrenalin und der Anspannung kommt das Dopamin mit der Entspannung. Warte mal ab, bis du den nächsten Abstieg geschafft hast. Dann bist du voll geflasht!«

Franzi nickte. Sie wollte weiter nach unten. An Aufgeben war nicht mehr zu denken. Sie war regelrecht aufgekratzt, als sie an dem Schlot ankamen, der zur dritten Sohle hinabführte. Er trug den Namen *Silberleins Sturz* und führte senkrecht in die Tiefe. Dieses Mal kletterten sie über alte Holzbalken, die kreuz und quer im Schacht verkeilt waren.

»Achtung!«, warnte Lenox. »Die Dinger sind leider etwas morsch. Haltet euch gut fest!«

Prompt knarrte das Holz unter Franzis Füßen. Immer wieder hielt sie inne, um die Trittsicherheit zu prüfen. Jetzt bemerkte sie auch, dass sich die Luft verändert hatte. Der würzige Geruch des Waldes war hier unten einem feuchten Höhlenklima gewichen. Franzi war wie in Trance. In der Welt um sie herum existierte keine Zeit mehr, nur ewige Dunkelheit. Franzi dachte nur kurz an ihre Freundinnen. Sollte sie bis zum Morgengrauen nicht zurückkommen, würden sie Hilfe holen. »Pause, *Feuerwolf*?«, fragte Lenox, als sie aus dem Schacht kletterten.

»Nicht nötig.« Franzi sah sich um. Sie befanden sich in einem niedrigen Stollen. Man konnte kaum erkennen, ob es sich noch um einen von Menschen gehauenen Gang oder einen Höhlentunnel handelte.

»Gehen wir zur Kammer am Wetterschacht?«, fragte Alex.

»Unsere Challenge sind die fünf großen Touren der alten Wölfe«, erklärte Lenox. »Heute geht es runter auf die Vier. Vielleicht sogar auf die Fünf.«

»Da muss ich passen«, sagte Alex. »Meine Lampe flackert schon die ganze Zeit.«

»Jeder Wolf ist für seine Ausrüstung zuständig«, sagte Lenox. »Batterien und Akkus müssen beim Start immer voll sein.«

»Susi hat doch eine Taschenlampe dabei«, mischte sich *Winterwolf* ein. »Und ich habe Ersatzbatterien.«

Ein Grollen erklang in weiter Ferne. War das ein Donner? Kurz darauf donnerte es erneut. Dieses Mal nicht draußen, sondern irgendwo in der Grube. Die Batterien waren schlagartig vergessen. Der Boden vibrierte, Staub wirbelte auf und Steinchen lösten sich. Irgendwo in ihrer Nähe stürzte ein Stollen ein!

Kim und Marie waren froh, dass sie geschützt im Trockenen saßen. Hinter der Kaue gab es einen überdachten Bereich. Dort hatte der alte Hoppendiezel Brennholz und allerhand Gerümpel gelagert. Die Mädchen saßen sichtgeschützt zwischen Holzscheiten, einem alten Fahrrad, Blumentöpfen und kaputten Gartenstühlen. Während Kim die Fotos von den Tagebuchseiten studierte, hielt Marie Ausschau nach unerwünschten Besuchern.

»Seltsam«, sagte Kim. »Der *Leitwolf* schreibt hier, dass *Dunkelpelz* alle mit seinen Pups-Witzen über Kohl genervt hat.«

»Was ist daran seltsam?«, wollte Marie wissen. »Kohl sorgt doch wirklich für Blähungen.«

»Deshalb hat Lenox das vermutlich auch überlesen«, sagte Kim. »Das Wort ist doppeldeutig. Ich denke nicht, dass das Gemüse gemeint ist, sondern der Bundeskanzler.«

»Helmut Kohl?«, fragte Marie überrascht. »Kam der nicht später?«

»Richtig. Das waren die Achtziger- und Neunzigerjahre. Mein Vater kennt sie natürlich alle: Ostfriesenwitze, Kohlwitze und Mantawitze.«

»Aber die gab es doch noch gar nicht, als Walter Hoppendiezel jung war.«

Kim blickte wieder auf das Display. »Genau. Ich wette, das Tagebuch stammt aus der Zeit, in der unsere Eltern Schüler waren. Demnach könnten die Clubmitglieder noch fit genug sein, um in die Grube zu steigen.«

»Vielleicht sucht *Loup-Garou* wirklich nach dem Schatz«, flüsterte Marie, während am Himmel ein Blitz zuckte.

Kim nickte, dann las sie weiter. Der Verfasser beschrieb den Unfall, der das Ende ihrer Touren besiegelte: *»Loup-Garou ist seit Tagen wie besessen davon, den Schatz zu finden. Heute hat sie es auf die Spitze getrieben!«*

Kim sah auf. »*Loup-Garou* war ein Mädchen!«

»Eine Werwölfin«, gab Marie zurück, nachdem Kim den Satz leise vorgelesen hatte. »Wie geht es weiter?«

Kim war bereits wieder in den Text eingetaucht und klickte sich von Foto zu Foto. Immerhin ließ sie Marie jetzt an den wichtigsten Stellen teilhaben.

»Loup-Garou und Roter Wolf sind nach einer Pause auf der zweiten Sohle einfach ohne uns losgezogen. Wir wollten gerade nach ihnen suchen, als ein heftiger Steinschlag in der Tiefe losdonnerte. Dann hörten wir auch schon die Hilfeschreie«, las Kim flüsternd vor. *»Das Rudel lässt keinen Wolf zurück! Abhauen kam nicht infrage, also stiegen wir tiefer hinab. Nachtwind war panisch und Heuler hat mal wieder geflennt. Die ganze Zeit über hörten wir den Roten. Er schrie und brüllte, wie ein Tier. Dann hörte er auf, was noch schlimmer war. Dafür rief nun Loup-Garou nach uns. Wir sind den alten Wetterschacht runter auf die Wolfssohle. Das ist das Herz der Grube – ein riesiger Stollen, von dem lauter verschüttete oder versetzte Suchörter, Abräume und Höhlen abgehen. Diese Idioten haben einen der Gänge komplett zum Einsturz gebracht. Der Rote lag halb unter den Trümmern begraben. Loup-Garou hat wie besessen versucht, die Steine wegzuscharren. Fast wäre da wieder etwas eingebrochen. Wir haben mächtig was riskiert, um den Roten da rauszuholen. Danach kam*

der härteste Teil. Vier Stunden haben wir gebraucht, um ihn mit Gurt und Seilen zum Mundloch zu bringen. Loup-Garou hat beim Silberwolf geklingelt. Zu seiner Zeit war er der Anführer des Clubs, und wir hoffen, dass er schweigt. Loup-Garou und ich durften den Roten ins Krankenhaus begleiten. Sie überlegt gerade, was wir unseren Eltern erzählen werden. Ich bin so müde. Morgen schreibe ich weiter.«

Doch genau an dieser Stelle endete das Tagebuch und Kim wurde aus ihren Gedanken gerissen.

»Da kommt jemand!«, flüsterte Marie gepresst.

Kim legte das Handy beiseite und spähte um die Ecke. Sie wusste nicht, wen sie erwartetet hatte, aber diese Person definitiv nicht!

Im freien Fall

Der Steinschlag verhallte gespenstisch. Staub lag in der Luft und die alten Stützbalken knarrten gefährlich. Dann ertönte eine erneute Kaskade aus herabfallenden Steinen. Die Stützbalken um sie herum ächzten und knarrten.

»Hier bricht gleich alles ein!«, presste *Winterwolf* hervor. Er machte auf dem Absatz kehrt und rannte zurück, zum Schacht, der nach oben führte. Nach einer Schrecksekunde folgten ihm die anderen, so schnell sie konnten. Vor *Silberleins Sturz* gab es ein Gedränge, weil alle gleichzeitig losklettern wollten.

»Ich gehe vor!«, forderte Lenox, doch *Winterwolf* hörte nicht auf ihn. Panisch arbeitete er sich durch den engen, dunklen Kamin nach oben.

Lenox folgte ihm, leise fluchend. »Haltet jeweils etwas Abstand, falls sich Steine lösen!«

Lenox' Bewegungen waren nicht so ruhig und bedacht wie beim Abstieg. Statt sich langsam voranzutasten, stieß er sich schwungvoll und beinahe hektisch ab. Dabei erwischte er auf halber Strecke einen Balken, der unter seinem Tritt nachgab.

Ein Hagel aus Holzsplittern und Steinen löste sich. Franzi presste sich eng an die Wand. Eine Schrecksekunde lang befürchtete sie, Lenox würde an ihr vorbeifallen. Doch der Junge fing sich im letzten Moment noch auf. Dafür brach der Balken nun komplett ab und krachte in die Tiefe. Nur um ein Haar verfehlte er Franzis Kopf. Hallend zerbarst er am Ende des Schachts, wo nur noch Alex darauf wartete, endlich loszuklettern. Steinchen und Staub rieselten hinterher.

»Verdammt! Alles okay?«, rief Lenox. *Winterwolf* war offenbar schon über alle Berge.

»Ja, noch. Wir kommen jetzt auch hoch«, rief Alex. »Fra... äh ... *Feuerwolf* zuerst.«

Mechanisch arbeitete sich Franzi voran. Sie spürte noch nicht einmal mehr Angst. Ihr Zeitgefühl hatte sie inzwischen komplett verlassen. Es gab nur noch ihre Hände, ihre Füße und die Balken und Felsvorsprünge. An manchen Stellen hatte Franzi kaum Platz für ihre Arme, an anderen musste sie zersplitterten Holzbalken ausweichen. Manche Vorsprünge waren glitschig. Dort musste sie besonders gut aufpassen. Ihre rechte Hand tastete über den feuchten Fels, bis sie Halt fand. Beim nächsten Engpass wurde Franzi unruhig. Der raue Fels schrammte ihr die Arme auf. Etwas Hartes stach sie in den Rücken.

»Du schaffst das!«, rief Lenox von oben. Er wartete auf sie.

Jetzt bemerkte Franzi, dass sie die Stelle mit den geborstenen Balken erreicht hatte. Hier wurde der Aufstieg um einiges schwieriger. Franzi packte den Überrest eines Balkens. Erleichtert stellte sie fest, dass er hielt. Zumindest glaubte sie das für ein paar Sekunden – bis sich der Balken mit einem dumpfen Geräusch aus seiner Verankerung löste und Franzi in die Tiefe stürzte.

»Blake?« Kim starrte ungläubig auf die Schattengestalt, die auf sie zurollte.
»Wo ist Franzi?«, fragte Blake.
»Licht aus!«, flüsterte Kim.
Blake schaltete die Klemmlampe am Rollstuhl aus. Dann folgte die Taschenlampe auf seinem Schoß.
»Pst!«, machte Marie. Sie sah sich ängstlich um. »Hört ihr das?«
»Ein Wolf heult!«, stellte Kim erschrocken fest.
»Garantiert nur ein Klingelton«, zischte Blake. »Er kommt aus dem Wohnhaus.«
Kim musste sich eingestehen, dass Blake recht hatte. Das Geräusch kam aus dem Haus. Jetzt erst bemerkte sie, dass im Obergeschoss ein Fenster angekippt war. Ein matter Lichtschein leuchtete zwischen zugezogenen Gardinen hindurch.
»Vielleicht ist es auch ein Hund«, meinte Blake, während er zu den Mädchen ins Trockene rollte. »Aber jetzt zu Franzi. Ist sie im Bergwerk? Mit diesem Lenox?«
»Ja«, sagte Kim.
»Nein«, kam es gleichzeitig von Marie. Das lief ja großartig.
Blake wendete seinen Rollstuhl, doch im selben Moment hörten sie ein rostiges Quietschen aus der Richtung des Stollens. Die drei erstarrten in der Bewegung. Eine Gestalt mit Helm

huschte geduckt durch den Regen. Ob es Elva Berg war, konnten die Mädchen nicht erkennen. Die Person verschwand beim Wohnhaus. Im Erdgeschoss wurde Licht eingeschaltet. Marie und Kim drängten sich enger an die Reste des Holzstapels. Auch Blake ging im hintersten Winkel des Unterstands in Deckung. Da ging die Haustür auch schon wieder auf.
Kim traute ihren Augen kaum. Ein zottiger Wolf trabte über die Schwelle in die Nacht. Ob er die heimlichen Besucher witterte? Anscheinend. Nachdem er an einem großen Stein sein Bein gehoben hatte, lief er zum Unterstand. Kim hielt den Atem an. Das Tier war Furcht einflößend, aber es zeigte keine Aggression. Neugierig betrachtete es die heimlichen Besucher. Dabei erinnerte es Kim an die alte Hündin auf den Fotos von Ernchen. Ob Wolf oder Tamaskan, das Tier schien es nicht für nötig zu halten, das Revier zu verteidigen. Es wanderte weiter, bis es bei einem Büschel Brennnesseln sein großes Geschäft verrichtete.
»Lupo!« Jemand kam aus dem Haus, ein Handy ans Ohr gepresst. »Komm schon, Luuuupo!« Dann folgte ein leiseres: »Ja, ich rede mit dem Hund. Wenn der mir abhaut, dreht deine Schwester durch. Es war eine Schnapsidee, ihn auszuleihen.«
Kim erkannte die Stimme von Elva Berg. Aber was ging hier vor sich?
»Hör mal, *Roter*, ich habe keine Zeit, das auszudiskutieren. Ich bin nur oben, weil ich einen Verband brauchte … Was? … Nein, es ist nur eine leichte Verletzung.« Sie rieb sich über den Arm, als würde er schmerzen. »Ja, der Förderkorb funktioniert längst

wieder. Ich hatte nur den Hauptschalter umgelegt. Das hat Björn nicht gerafft.«

Die Person am anderen Ende der Leitung redete jetzt. Es dauerte eine ganze Weile, bis die Frau wieder sprach. »Ja, die Gören sind im Bergwerk. Noch.« Sie lachte verbittert auf. »So kurz vor dem großen Ziel lasse ich mich nicht stoppen!«

Es ging rasend schnell. Nichts war mehr da, wo es hingehörte. Franzis Körper war wie unter Strom. Um sie herum rauschte und vibrierte alles. Haarscharf sauste sie an Felskanten, Holzsplittern und etwas Hellem vorbei. Der Boden kam näher, doch der freie Fall endete abrupt auf einem Querbalken. Franzi prallte schmerzhaft auf das morsche Holz. Bevor auch nur ansatzweise das Gefühl der Erleichterung einsetzen konnte, hörte sie ein Ächzen und Splittern. Der Balken gab nach! Auch das noch! Franzis Hände krallten sich in letzter Sekunde an einem Steinvorsprung fest. Ihr Helm schrammte am Fels entlang, während ihre Füße hilflos durch die Luft ruderten.

Das Licht um sie herum wurde flackernd matter. Die Wörter *Helm*, *Lampe* und *kaputt* spukten durch ihre Gedanken, aber sie ergaben keinen Sinn. Franzi zitterte so sehr, dass sie sich kaum halten konnte. In ihrem Kopf waberte ein undurchdringlicher Nebel. Benommen versuchte sie, wieder aufzusteigen, doch sie rutschte erneut ab, hielt sich an einem Balken fest und baumelte in der Luft.

»Halt dich fest! Ich bin über dir!«, rief Alex zu ihr runter.

»Hilfe kommt. Hilfe kommt. Hilfe kommt«, dachte Franzi.

Sie registrierte kaum, dass jemand ihren Arm packte. Ihre Muskeln hatten endgültig genug. Sie zitterten noch einmal heftig und gaben dann einfach auf. Franzi sauste wie Fallobst hinab und riss Alex mit sich. Der Aufprall folgte noch innerhalb der nächsten Sekunde und raubte Franzi beinahe den Atem. Alles tat weh. Ihr Rücken schmerzte, ihre Handflächen brannten und ihr rechtes Knie pochte unangenehm. Aber sie lebte! Offenbar war sie dieses Mal keine zwei Meter tief gefallen. Mühsam rappelte sie sich auf. »Hast du dir etwas gebrochen?«

»Ich glaube nicht«, keuchte Alex. »Und du?«

»Mein Knie macht schlapp«, stöhnte Franzi. »Ich kann nur humpeln.«

»Wir müssen trotzdem hier weg.« Alex rieb sich die Rippen.

»Kommt hoch!«, rief Lenox besorgt von oben.

»Zu gefährlich. *Silberleins Sturz* könnte komplett einbrechen!«, rief Alex laut. »Wir nehmen die Notfallroute!«

»Okay, ich gebe euch den Schlüssel!«, tönte es von oben. Etwas Silbernes fiel klirrend zu ihnen herab und landete vor ihren Füßen. »Viel Glück!«

»Was ist die Notfallroute?«

»Der schnellste Weg nach oben.« Alex hob den Schlüssel auf. »Wir schlagen uns bis zum Förderkorb durch und fahren nach oben.«

»Hör auf mit deinen Bedenken!«, blaffte Elva Berg ins Handy. »Im Gegensatz zu damals bringe ich inzwischen langjährige Erfahrung mit.«

Der Regen wurde stärker und Kim musste sich anstrengen, um jedes Wort zu verstehen.

»Nein, du musst auch keine Angst um die Gören haben. Ich habe Vorkehrungen getroffen! ... Einsturzgefahr? Dort unten herrscht immer Einsturzgefahr. Wir sind nicht für die Möchtegernwölfe verantwortlich. Die haben sich ja nicht abschrecken lassen ...« Sie lauschte kurz, dann fuhr sie genervt fort: »Wenn *Silberleins Sturz* einbricht, können die sich immer noch zum Förderkorb auf der dritten Sohle durchschlagen. Aber wehe, die kommen mir in die Quere! ... Du kannst mich nicht umstimmen. Ich muss jetzt weitermachen.« Elva Berg steckte das Handy ein. »Lupo! Jetzt reicht es. Komm schon!«

Der Hund hörte erst beim zweiten Anlauf. Widerwillig lief er hinter ihr ins Haus.

Marie sah ihr fassungslos hinterher. »Elva Berg scheint die Saboteurin zu sein.«

»Das denke ich auch«, sagte Kim. Sie sah sich zu Blake um, doch er befand sich nicht mehr neben dem Holzstapel. »Blake?« Vorsichtig leuchtete sie mit ihrer Taschenlampe in den Regen. Dünne Reifenspuren führten hinter der Kaue durchs Gras in Richtung Stollen. »Der will zu Franzi!«

»War ja klar.« Marie stöhnte. »Der nimmt garantiert den Förderkorb, weil die Berg behauptet hat, dass Franzi und die anderen auf der dritten Ebene sein könnten.«

»Das ist Wahnsinn!«, ächzte Kim. »Wie kann man so leichtsinnig sein?«

»Aus Liebe? Jedenfalls müssen wir unbedingt Björn Bode anrufen!«, sagte Marie.

»Pst, nicht so laut!«, warnte Kim. »Ich würde sagen, wir rufen als Erstes die Polizei!«

»Ich glaube nicht, dass das eine gute Idee ist!«

Die Mädchen fuhren herum. Vor ihnen stand Elva Berg.

Durch die Finsternis

Langsam traten Franzi und Alex den beschwerlichen Weg zum Förderkorb an. Franzi musste sich beim Gehen auf Alex stützen. Ihr Knie und ihr Rücken schmerzten immer stärker, aber darauf konnte sie keine Rücksicht nehmen. Rinnsale von Wasser liefen neben ihren Füßen über den Stein und sorgten dafür, dass der Boden immer glitschiger wurde.

»Das kommt vom Unwetter«, schimpfte Alex. »Es ist zu viel Regen für die Abläufe zum Bach.«

Vor ihnen fiel der Gang sichtbar ab und endete in einer Senke. Das Licht der Taschenlampe fiel auf eine schlammig trübe Wasserfläche. Den Grund konnte man nicht sehen.

»Da kommen wir nicht durch!«, keuchte Franzi. Sie hätte sich am liebsten hingelegt, um sich etwas auszuruhen.

»Weiter unten gibt es abgesoffene Gänge, aber das ist nur eine vollgelaufene Senke«, erklärte Alex. »Wir können langsam und vorsichtig hindurchwaten.«

»Wehe, du irrst dich!« Franzi biss die Zähne zusammen und trat ins Nasse. Alex hatte recht. Das Wasser reichte ihr nur bis zum Knie. Es war unheimlich, aber sie würden es schaffen! Das dachte Franzi zumindest, bevor Alex auf dem rutschigen Untergrund das Gleichgewicht verlor und Franzi mit sich riss. Die Taschenlampe wirbelte hoch und landete mit einem hässlichen Platschen im Wasserloch.

»Die ist weg«, sagte Alex, als beide Mädchen sich vollkommen durchnässt hochrappelten. »Aber mit einem Licht schaffen wir es auch bis zum Förderkorb!«

»Mit einem halben Licht«, korrigierte Franzi.

Es war nicht mehr zu übersehen: Das Helmlicht von Alex war nur noch für ein schwaches Glimmen gut. Die Batterien machten jetzt richtig schlapp. Nun musste es wirklich schnell gehen! Nach dem Wasserloch kamen sie zum Glück wieder etwas zügiger voran, bis der Gang schmaler wurde.

»Pass auf, wo du hintrittst!«, warnte Alex. »Wir befinden uns direkt über einer Höhle. Der Boden ist an mehreren Stellen eingebrochen oder abgesackt. Die Bergleute haben die Stellen zwar mit Brettern abgesichert, aber das ist über hundert Jahre her. Die Dinger sind morsch.«

»Ein falscher Schritt ...«, begann Franzi, sprach jedoch lieber nicht weiter. Ihr Fuß stieß an etwas. Holz! Gut, dass Alex sie gewarnt hatte. Mit äußerster Vorsicht schoben sie sich an den Brettern vorbei, die man kaum vom Boden unterscheiden konnte. Wie zum Hohn gab ausgerechnet jetzt das Helmlicht von Alex den Geist auf. Schlagartig wurde es dunkel.

Franzi wusste, dass sie jetzt keinen einzigen Schritt mehr gehen konnten. Sie waren im Berg gefangen. Franzi zitterte vor Angst,

Kälte und Erschöpfung. Sie wollte nur noch schlafen. Nichts mehr denken. Einfach aufgeben. Gleichzeitig flüsterte eine leise Stimme in ihrem Kopf: »Eins, zwei, drei, Power!« Franzi straffte sich. »Wir müssen um Hilfe rufen. Kim und Marie sind oben bei der Kaue!«

»Na, hoffentlich dringt der Schall bis nach draußen«, sagte Alex skeptisch. »Aber wir haben keine Alternativen.«

Mit vereinten Kräften brüllten sie durch den Berg, der die Schreie mit vielfachem Echo wiedergab.

»Hallo?«, schallte es zurück. Franzi stockte der Atem. Ein schwacher Lichtschein drang durch den Gang.

»Vorsicht! Bodenlöcher!«, brüllte Alex.

»Ich passe auf!«

Franzi hätte die Stimme unter tausenden wiedererkannt. Ihre Gefühle fuhren Achterbahn und rasten ungebremst durch den großen Looping. »Blake!«

»Das können Sie nicht machen!« Marie stand neben Kim in der Kaue. Elva Berg hatte den Mädchen die Handys abgenommen. Jetzt wollte sie die Tür absperren.

»Soll ich lieber zu härteren Methoden greifen?«, drohte die Frau.

»Damit kommen Sie nicht durch!«, fauchte Marie.

»Oh doch. Björn hat schon immer für mich geschwärmt. Er wird mir glauben – zumal meine Geschichte durchaus plausibel ist: Ich habe euch und eure waghalsigen Freunde auf frischer Tat ertappt.«

»Wir haben doch gar kein Motiv!«

»Ihr habt euch gelangweilt«, gab Elva Berg zurück. »Nein, noch besser: Ihr habt euch in Lenox verknallt und ihm geholfen, das Museum zu sabotieren. Mit der Story überzeuge ich Björn auf jeden Fall!« Sie knallte die Tür zu und legte den Riegel vor. Ihre Schritte entfernten sich rasch.

»Kommen wir hier raus?« Kim war nervös. Nicht, dass Blake dieser Frau am Förderkorb in die Arme lief. Ihr Blick wanderte zum einzigen Fenster. Es war vergittert.

»Mit einer Haarnadel komme ich bei einem Riegel nicht weit«, sagte Marie, während sie die Tür untersuchte. Schlösser waren ihr Spezialgebiet.

Kim fuhr sich mit beiden Händen durch die kurzen braunen Haare. »Das darf doch nicht wahr sein.«

»Warte ab.« Marie sah sich im Raum um. Schließlich hatte sie in einer Kiste gefunden, was sie suchte. Triumphierend hielt sie das Werkzeug hoch. »Das ist ein Kreuzschlitzschraubendreher. Ich werde einfach die Scharniere der Tür lösen. Das wird etwas dauern, aber wir können die Tür dann hoffentlich weit genug bewegen, um uns ins Freie zu zwängen.«

»Blake!«, rief Franzi erneut. Es tat so gut, seinen Namen auszusprechen. Er wartete jenseits der Löcher auf sie, eine starke Taschenlampe auf den Boden gerichtet.

»Zum Förderkorb ist es nicht weit«, berichtete Blake kühl. »Aber wir müssen vorsichtig sein. Elva Berg steckt anscheinend hinter der Sabotage.«

»Wo ist sie jetzt?«

»Im Haus, aber sie will gleich wieder in die Tiefe. Zu irgendeiner *Wolfssohle.*«

»Das ist ein Stollen im südlichen Teil der Grube«, erklärte Alex.

»Dann warten wir besser, bis sie unten ist, und nehmen dann den Aufzug«, schlug Franzi vor.

»Gute Idee«, sagte Blake. »Ich habe den Korb auch wieder hochgeschickt, damit sie nichts merkt.«

»Dann nichts wie los!«, drängte Alex.

Franzi nahm alle Kraft zusammen. Sie wusste hinterher selbst nicht, wie sie es geschafft hatte, an den gefährlichen Stellen vorbeizukommen und Blake bis zu einer Nische in der Nähe des Förderkorbs zu folgen. Sie war gerade groß genug als Versteck.

»Rein da«, flüsterte Blake – keine Sekunde zu früh.

Der Mechanismus des Förderkorbs setzte sich geräuschvoll in Gang. Ein metallisches Quietschen hallte durch die Stollen. Ächzend und ratternd machte sich der Käfig auf die Reise in die Tiefe. Blake schaltete geistesgegenwärtig die Lampen aus. Es dauerte unheilvolle Minuten, bis die Geräusche in der Tiefe verhallten.

Die drei warteten im Dunkel, bis sie sicher waren, dass Elva Berg auch wirklich auf der Wolfssohle blieb. Dann erst trauten sie sich wieder auf den Gang. Blake leuchtete auf das Gitter, das den Schacht des Förderkorbs abgrenzte. Es gab eine verschmierte Steuereinheit mit einem einzigen Knopf. Franzi hoffte inständig, dass er funktionierte. Als Blake den Knopf drückte,

passierte zunächst nichts. Dafür sahen sie dicke Regentropfen, die durch den Schacht hinabfielen.
»Mist«, flüsterte Alex. »Der Schacht ist eigentlich überdacht. Im Maschinenhaus muss das Dach kaputt sein. Hoffentlich macht die Technik nicht schlapp.«
In diesem Augenblick setzten sich die dicken Eisenkabel in Bewegung, bis der vergitterte Korb tropfnass vor ihnen zum Stehen kam. Doch jetzt zeigte sich die nächste Schwierigkeit. Blakes Rollstuhl würde den Innenraum fast vollständig ausfüllen.
»Geht vor«, bot Blake an. »Und nehmt die Taschenlampe mit.«
»Nein«, widersprach Franzi. »Ich lasse dich nicht allein zurück!«
Blake wollte protestieren, aber Franzi schnitt ihm das Wort ab. »Wir haben keine Zeit für Debatten. Alex, bitte mach schnell!«
Nachdem das Mädchen widerstrebend abgefahren war, machte sich ein unangenehmes Schweigen breit. Blake starrte auf den Regen, der immer stärker wurde. Franzi versuchte sich abzulenken. Sie dachte daran, dass sie bald wieder draußen war. Der Gedanke war tröstlich. Genauso wie die Hoffnung, bald Marie und Kim zu sehen. Franzis Kopfkino war bereits bei der heißen Dusche angekommen, als der Förderkorb vor ihnen hielt. Franzi öffnete mit zitternden Fingern die Absperrung. Blake rollte wortlos in den engen Raum. Franzi folgte ihm.
»Ich muss wohl auf deinem Schoß sitzen.«
»Ja«, antwortete Blake knapp.

Nervös schloss Franzi, halb sitzend, halb stehend, das Gitter. Blake roch so vertraut. Er war ihr so nah! Doch jetzt gab es Wichtigeres. Zum Beispiel die Steuereinheit.

»Geht das etwas schneller?«, fragte Blake unwirsch. »Diese unterirdische Dusche im Miniknast ist nicht gerade Wellness.«

Hastig drückte Franzi den obersten Knopf. Der Käfig vibrierte. Das Metallseil ächzte. Unendlich langsam stiegen sie im Förderschacht aufwärts. Meter für Meter rumpelten sie der Freiheit entgegen. Plötzlich krachte es über ihnen. Ein Gegenstand prallte auf den Gitterkäfig, dann ein zweiter. Der Korb schlingerte. Franzi konnte noch rechtzeitig die Arme vors Gesicht reißen, bevor eine Ladung aus Schutt, Matsch und Wasser auf sie niederging. Der Korb prallte gegen die Felswand. Es gab ein schauriges Geräusch. Knirschend kam der Korb zum Stehen. Nichts bewegte sich mehr. Franzi drückte den obersten Knopf, aber dieses Mal reagierte der Aufzug nicht.

»Wir stecken fest!«, sagte sie tonlos. Ein weiterer Gegenstand krachte auf das Gitter über ihnen.

»Klasse«, brummte Blake und ließ das Licht über die Trümmer gleiten. »Warum muss das Maschinenhaus denn ausgerechnet jetzt einstürzen?«

»Alex holt Hilfe«, sagte Franzi matt.

»Hm«, machte Blake. Es klang, als habe er alle Hoffnung aufgegeben.

Über dem Abgrund

Kim hatte es geschafft. Sie hatte sich durch den Türspalt der Kaue gezwängt. Und da waren auch ihre Rucksäcke mit den Handys! Elva Berg hatte sie achtlos vor das Haus geworfen.

»Hoffentlich kommt uns nicht der ganze Hang entgegen«, sagte Marie mit einem sorgenvollen Blick zum Wald. Ganze Sturzbäche rauschten den Abhang hinunter und rissen alles mit sich, was nicht fest verwurzelt war. Der Wind heulte unterdessen, als wolle er einem Wolfsrudel Konkurrenz machen.

»Pst!«, machte Kim. Das Tor zur Grube sprang auf und sie standen genau unter der Lampe. Es war zu spät, ein Versteck zu suchen. Zum Glück war es nur Alex.

Marie hielt sich nicht mit langen Begrüßungen auf. »Wo sind Franzi und Blake?«

»Die stecken fest«, antworte Alex mit zitternder Stimme. »Es gab einen Steinschlag im Förderschacht.«

Marie gab ein angsterstícktes Geräusch von sich.

»Sie hängen fest. Aber es kommen weitere Brocken von oben.«

Alex starrte den Hang hinauf. In der Dunkelheit war dort kaum etwas zu erkennen. »Ich fürchte, das Maschinenhaus bricht zusammen. Vielleicht sind Bäume draufgestürzt, oder es gab eine Schlammlawine. Wir …«

»… müssen Hilfe holen«, beendete Kim den Satz. Sie eilte unter das Vordach, fischte das Handy aus dem Rucksack und wählte den Notruf. Als sie kurz darauf sprach, zitterte ihre Stimme. Trotzdem gab sie sich Mühe, knapp und sachlich zu bleiben.

Was ihr der freundliche Mann in der Zentrale antwortete, war jedoch ernüchternd. »Wir fordern Verstärkung an. Allerdings sind mehrere Straßen durch Bäume versperrt.«

»Marie und Kim holen bestimmt Hilfe«, wiederholte Franzi zum dritten Mal.

Blake antwortete nicht.

Das war alles zu viel! Die Angst, die Schmerzen, die Gefahr, die Enge und zu allem Übel auch noch Blakes abweisendes Verhalten! »Was habe ich dir eigentlich getan?« Die Worte hallten gespenstisch im Schacht wider. Steinchen fielen durch das obere Gitter.

Blake schwieg hartnäckig.

»Du wolltest Urlaub mit mir machen! Du wolltest nach Wilderode! Du wolltest wieder reiten!«

Blake brummte nur etwas Unverständliches.

Franzi platzte fast der Kragen. »Was ist los? Sag schon!«

»Ich kann nicht laufen!«, brach es aus Blake heraus.

»Das weiß ich«, fauchte Franzi. »Und du weißt das auch nicht erst seit dieser bescheuerten Reitstunde.«

»Ich bin ein Sportler!«, sagte Blake verzweifelt. »Mit hartem Training, Mut und Muskelkraft kann ich voll durchstarten. Aber die Leute sehen mich trotzdem mit diesem mitleidigen Blick an. Ich weiß doch, was die denken: Der arme, behinderte Junge.«

»Na und?«, rief Franzi. »Die kennen dich eben nicht und haben Vorurteile. Viele von denen sind nicht mal halb so sportlich wie du. In der Halfpipe hätten die ja wohl eher dein Mitleid verdient.«

»Aber ich bin behindert.«

Franzis Wut war mit einem Mal verraucht. »Ich habe dich lieb, so, wie du bist.«

»Du hast du mich doch auch voller Mitleid angesehen!« Blakes Stimme brach. »Es war übel! Als ich auf dem Pferd saß, war ich für dich plötzlich der behinderte Junge, der eine Sonderbehandlung braucht.«

»Nein!«

»Doch! Und es ist ja auch so.«

»Ich habe an den Unfall gedacht«, gab Franzi zu. »Und daran, dass es sehr mutig war, wieder auf ein Pferd zu steigen.«

»Der Unfall und die Behinderung sind eine Sache. Sie gehören untrennbar zusammen. Und ich will dein Mitleid nicht.«

»Ich bemitleide dich doch gar nicht!«

»Doch.«

Franzi schnaubte. »Hängst du deshalb nur noch mit Alex herum?«

»Sie ist auch ein Außenseiterin, wie ich.«

»Quatsch«, widersprach Franzi. »Nach deinen Sporterfolgen konntest du es einfach nur nicht ertragen, mal nicht der große Überflieger zu sein. Zu deiner Info: Kim hatte auch ohne Behinderung echte Schwierigkeiten in der Reitbahn. Aber sie weiß, dass sie andere Stärken hat. Niemand muss überall super sein.«

»Ich will, dass du stolz auf mich bist.«

»Dafür musst du kein Superheld sein!« Franzi sah ihn zärtlich an. »Bei unserer ersten Begegnung waren wir auch tropfnass. Weißt du noch, der Sommertag im Schwimmbad? Du hast dich als *Roller Blake* vorgestellt und ich durfte deinen Rollstuhl ausprobieren.«

»Hm«, machte Blake.

»Meine Gefühle hatten nie etwas mit deinen Erfolgen zu tun, nur mit dir. Trotzdem könnte ich eine lange Liste mit Dingen aufschreiben, die ich an dir bewundere.«

»Ich hasse es, nicht laufen zu können.«

»Und trotzdem hast du uns da unten mit deiner Lampe gerettet«, sagte Franzi.

Blake räusperte sich. »Wenn dir etwas passiert wäre …«

Ein kalter Schwall Wasser ging auf sie hinab. Prasselnd und klatschend folgten Lehm und Geröll. Der Käfig ächzte.

»Das hier kann übel ausgehen«, sagte Franzi leise.

Blake schlang seine Arme um sie und drückte sie fest an sich. »Ich lass dich nicht los.«

Franzi vergrub ihren Kopf an seinem Hals. »Ich habe dich so vermisst.«

»Ich dich auch«, flüsterte Blake.
Zitternd vor Kälte und Anspannung hielten sie sich gegenseitig in den Armen. Eingekeilt und vergraben unter Geröll, einen klaffenden Abgrund unter sich, gaben sie sich Halt.

Der Plan war idiotisch. Aber es gab keine Alternative. Kim hatte bei den Schierkes angerufen, dann hatten sie sich aufgeteilt. Marie blieb beim Schacht und würde auf Björn Bode warten. Kim und Alex holten die alten Fahrräder aus dem Unterstand. Die Reifen waren fast platt, aber für die kurze Strecke musste es gehen. Kims Rad schlingerte gefährlich. Der Bach trat über die Ufer und flutete den Wanderweg. Bald würde hier niemand mehr fahren können. Wasser spritzte auf. Die Räder schlitterten den Hang hinab. Das war Downhill-Biken mal anders, fuhr es Kim durch den Kopf. Es grenzte an ein Wunder, dass sie es bis zum Stall schafften.
Dort waren die restlichen Schierkes bereits voll im Einsatz. Herr Schierke schleppte die nötige Ausrüstung heran. Sindra und Tiffy legten den Kaltblütern das Geschirr an, das sie bei der Waldarbeit trugen. Jede Hand wurde gebraucht, das sah Kim ein. Für Angst vor den gewaltigen Pferden war kein Platz. Ketten und Seile wurden geholt, Riemen verzurrt und Gurte gesichert. Zwei Satteltaschen voll mit Ausrüstung wurden auf Jorindes Rücken verschnallt.
»Wir versuchen, mit dem Wagen die Straße zu nehmen!«, rief Tiffy, als sie fertig waren. »Reitet schon ohne uns los und baut alles auf. Aber wartet mit der Bergung!«

»Wir nehmen Joringel, Sindra reitet Jorinde«, entschied Alex. Sie warf Kim einen Helm zu. Als sie ihn aufgesetzt hatte, sah sie zu dem riesigen Tier hinauf, das wie ein Denkmal Wind und Regen trotzte. Alex schwang sich auf den Rücken des Wallachs und reichte Kim die Hand. »Halte dich gut fest!«

Kaum saß Kim hinter Alex, als sich der Gigant in Bewegung setzte. Die Schrittrunden in der Reitbahn kamen Kim mit einem Mal lächerlich harmlos vor, während 900 Kilo Lebendgewicht unter ihr in einen raumgreifenden Galopp fielen. Matsch und Wasser spritzten auf. Regen peitschte ihnen entgegen, während Jorinde und Joringel unaufhaltsam den Berg hinaufdonnerten. Die abenteuerliche Abfahrt auf den Rädern war anstrengend gewesen, inzwischen hatten sich jedoch Lawinen aus Schlamm vom Berghang gelöst. Der Weg war nicht mehr zu erkennen. Die trittsicheren Riesen fielen in einen schweren Trab, der die Ketten klirren ließ. Jorinde schnaubte und pustete den Regen aus ihren Nüstern.

Gute Pferde, brave Pferde, dachte Kim. *Haltet bloß durch!*

Franzi war so unterkühlt und erschöpft, dass sie gegen den Schlaf ankämpfen musste. Doch dann hörte sie über sich ein Geräusch.

»Achtung! Nicht erschrecken!« Das war die Stimme von Frau Schierke. Steine wurden weggeräumt. Dann gab es ein metallisches Klirren. »Geht es euch gut?«

Franzi löste sich von Blake. »Es geht uns gut«, sagte sie zu ihrer eigenen Überraschung. »Noch.«

»Ich werde den Förderkorb an den Eisenverstrebungen festmachen«, erklärte Tiffy. »Wir müssen die Last verteilen, damit der Zugwiderstand das Gitter nicht zerreißt.«
»Und was passiert dann?«, fragte Blake mit belegter Stimme.
»Über dem Käfig werden die Ketten an Zugseilen eingeklinkt«, sagte Tiffy, während sie arbeitete. »Kim hat mit mir ein System aus Seilwinden aufgebaut, über das wir die Kraft umleiten können. Sie hat wohl in Physik sehr gut aufgepasst.«
»Kim, das Superhirn«, sagte Franzi voller Dankbarkeit.
»Ich kenne mich zum Glück auch etwas aus«, sagte Tiffy. »Aber jetzt ist Handeln besser als Reden. Haltet durch!«
Arm in Arm warteten Franzi und Blake ab. Franzi war sich sicher, dass ihre Herzen in diesem Augenblick im selben Takt schlugen. Voller Angst, aber auch erfüllt von Hoffnung.

»Wir sind so weit«, stellte Kim fest.
Tiffy nickte. »Sindra, Alex. Ihr führt die Pferde.«
»Zieht!«, rief Sindra.
»Ho!«, machte Alex.
Jorinde und Joringel setzten sich in Bewegung. Ihre schweren Tritte hallten im Stollen wider. Die Spikes unter den Eisen gruben sich in den Untergrund. Die Kaltblüter krümmten die Hälse mit den tropfnassen Mähnen. Ihre Muskeln spannten sich an. Der Förderkorb gab ein metallisches Knirschen von sich. Noch saß er wie ein Korken in der Flasche. Jorinde schlug mit dem Kopf.
»Ruhig, meine Kleine!«, sagte Alex. »Ruhig.«

Die Stute nahm den Kopf wieder runter und arbeitete sich neben dem Wallach voran. Die Seilwinden quietschten.

Lass den Korb nicht reißen!, bat Kim inständig. *Lass nur den Korb nicht reißen!*

Zentimeter um Zentimeter rollte das Seil hinauf. Der Korb im Schacht schlingerte und wackelte. Steine prasselten in die Tiefe. Joringel schnaubte. Jorinde gab ein tiefes Stöhnen von sich. Eine neue Kaskade aus Schlamm und Regen stürzte in den Schacht. Die Rolle quietschte erneut. Der Korb zitterte, dann war er frei. Die Pferde machten einen Satz nach vorn.

»Ho!«, rief Sindra. »Ruhig!«

Nun surrte der Korb mühelos höher und höher. Kim sah zu Marie auf. Ihr Gesicht war von Tränen und Schmutz verschmiert, aber ihre Augen glänzten hoffnungsvoll.

Es quietschte und knarrte ein letztes Mal, dann kam die Kabine schaukelnd zum Stehen. Mit zitterten Händen öffnete Kim die Sicherheitskette. Franzi kippte ihr entgegen. In der Ferne ertönte ein Sirenengeheul. Die Feuerwehr war im Anmarsch.

Die Wahrheit kommt ans Licht

Ein blasser Morgen graute. Der Sturm hatte sich endlich gelegt und die Regenwolken trieben in Richtung Süden davon. Franzi und Blake saßen in Decken eingehüllt am Feuerwehrauto.

Sie hatten es geschafft! Franzi konnte es kaum glauben. Benommen trank sie heißen Tee, den man ihr gebracht hatte, nachdem ihre Verletzungen versorgt worden waren.

»Was für ein Trubel«, ächzte Blake. Er hielt noch immer Franzis Hand.

Tiffy Schierke hatte ihnen und Alex eine kurze, aber reichlich gepfefferte Standpauke gehalten – nur um sie anschließend mit Tränen in den Augen zu umarmen. Jetzt sprach sie energisch mit den Einsatzkräften. Sindra kümmerte sich unterdessen gemeinsam mit ihrem Vater um die beiden Pferde, Alex telefonierte, und Björn Bode lief herum, als wäre er ein überdrehtes Aufziehmännchen. Ihm war es nicht recht, dass die Feuerwehrleute zum nächsten Einsatz aufbrechen mussten.

»Frau Berg ist noch dort unten! Sie müssen sie retten!«, rief er.

»Elva ist eine erfahrene Speläologin«, erklärte Tiffy. »Es gibt keinen Hinweis darauf, dass sie in Gefahr schwebt.«

»Sie ist zum Glück auch nicht auf den Förderkorb angewiesen«, fügte Kim hinzu. »Sie kennt einen alten Wetterschacht, über den sie hinaufklettern kann.«

»Sollte es dennoch Probleme geben, melden Sie sich bei der Bergwacht.« Der Einsatzleiter kletterte schwungvoll ins Führerhaus des Feuerwehrwagens. »Die sind auch für Rettungen unter Tage zuständig. Wir müssen jetzt wirklich los!«

Björn Bode schaute der abfahrenden Feuerwehr verzweifelt hinterher. »Normalerweise läuft das Grubenwasser ab, aber jetzt ist der Förderschacht nicht mehr abgedeckt. Die arme Elva. Sie hat extra für mich eine Nachtschicht eingelegt.«

»Sie steckt hinter der Sabotage«, sagte Kim ruhig.

Björn Bode schüttelte vehement den Kopf. »Nein! Niemals! Ich glaube nicht, dass …«

»Was auch immer Elvas Gründe sind, ich kann sie nicht im Stich lassen«, unterbrach Tiffy Schierke das Gespräch. »Gernot Oberlachter soll kommen. Er weiß, wo wir Elva suchen müssen. Wir gehen über den Wetterschacht rein.«

»Mama, was hast du vor?«, fragte Sindra entsetzt. »Wieso willst du in den *Kalten Wolf* steigen?«

»Stell bitte keine Fragen«, sagte Tiffy. »Ich kann sie dir nicht beantworten. Außerdem muss ich jetzt die Ausrüstung zusammenstellen. Uwe, bitte bring die Mädchen zum Hof. Sindra und Alex können die Pferde übernehmen. Reibt sie trocken und bringt sie in den Stall.«

»Klar«, sagte Alex erschöpft.
»Geht es Lenox und *Winterwolf* gut?«, fragte Franzi leise, als die Erwachsenen außer Hörweite waren.
Alex nickte. »Ja. Es war wohl ein harter Rückweg, aber jetzt sind alle wieder an der frischen Luft – außer Elva.«
»Besprecht das doch gleich auf dem Hof.« Sindra führte Joringel und Jorinde am Zügel. »Unsere beiden Powerpakete wollen heim.«
»Meine vierbeinigen Helden.« Franzi stand mühsam auf. Sie war unendlich erschöpft, aber sie musste die Stute und den Wallach einfach umarmen. Warmer Pferdeduft umgab sie. Sie strich über das nasse Fell und flüsterte leise: »Danke!«

Als Sindra und Alex gemeinsam mit den Pferden den Heimweg antraten, zückte Uwe Schierke die Autoschlüssel. »Für euch ist jetzt auch Feierabend. Ihr gehört ins Bett.«
Kim funktionierte wie ein Uhrwerk aus der Werkstatt ihres Vaters. Die Rädchen in ihrem Kopf drehten sich ununterbrochen. Kälte und Müdigkeit drangen kaum zu ihr durch. »Wir können hier noch nicht weg, Herr Schierke. Zuerst müssen wir bei Christian Mertens anrufen.«
»Der wird hier keine große Hilfe sein«, sagte Tiffy, die inzwischen wieder den Schutzhelm trug.
»Es geht um eine Aussage«, erklärte Kim.
»Meinetwegen.« Tiffy sah auf die Uhr. »Gernot Oberlachter müsste gleich hier sein, dann gehen wir in die Grube.«
»Und was kann ich tun?«, fragte Björn Bode kläglich.

»Rufen Sie bitte Herrn Mertens an«, bat Kim. »Erzählen Sie ihm, dass die Feuerwehr hier gerade zum Rettungseinsatz kommen musste. Danach ist etwas schauspielerisches Können gefragt.«

»Ich verstehe nicht ganz.« Herr Bode war nun komplett überrumpelt.

»Keine Sorge, das werden Sie gleich«, versprach Kim freundlich. »Ich werde Ihnen genau erklären, was Sie am Telefon sagen müssen.«

Es war Björn Bode hoch anzurechnen, dass er sich ein Herz fasste und tat, was Kim von ihm wollte. Marie half ihm beim Probedurchlauf.

»Ich weiß nicht, was das bewirken soll«, sagte Björn Bode, als er endlich die Nummer eintippte. »Aber ich will endlich wissen, was hier los ist!«

Es dauerte nicht lange, bis am anderen Ende abgenommen wurde. Herr Bode räusperte sich. »Christian? Äh ... hier ist Björn ... hm ... du hast die Sirene gehört? Die Feuerwehr war bei mir. Also beim Bergwerk ... ja ... nein ... die Kinder wurden gerettet. Aber ich rufe wegen Elva an. Sie hat eben alles gestanden.« Danach lauschte er eine ganze Weile.

»Ich glaube, dass Christian Mertens im *Club der Wölfe* war. Er ist *Roter Wolf*«, sagte Kim leise zu Franzi und Blake. »Und er ist der Komplize von Elva Berg.«

Bevor Franzi etwas sagen konnte, redete Björn Bode weiter. »Ich weiß ja, dass du niemanden in Gefahr bringen wolltest ... ja ... das habe ich mir schon gedacht. Aber ihr hättet mich doch gleich ansprechen können.« Jetzt klang es ehrlich enttäuscht. »Du meinst, Elva wollte den Schatz nicht durch drei teilen? … Ja, klar, von ihren finanziellen Problemen hat sie mir natürlich auch erzählt.«

Kim hob überrascht die Augenbrauen. Christian Mertens schien gerade richtig auszupacken. Björn Bode war allerdings sichtlich mitgenommen. Er fühlte sich zu Recht betrogen. »Okay. Wir reden später.«

»Das haben Sie super gemacht!«, lobte Kim, als Herr Bode aufgelegt hatte.

»Elva war tatsächlich hinter dem Schatz her.« Er starrte fassungslos ins Leere. »Christian hat für sie auf dem Amt angerufen, damit Elva mehr Zeit gewinnt. Er hatte auch die Idee mit dem Hund.«

»Der Fall ist aufgeklärt«, sagte Kim leise.

»Anscheinend.« Herr Bode kratzte sich am Kopf. Dann sah er auf. »Was für einen Hund meinte Christian eigentlich?«

Helle Sonne fiel durch die Vorhänge, aber das störte Franzi nicht. Nach den Stunden im Bergwerk war ihr jeder einzelne Strahl willkommen! Kaum zu glauben, dass sie alle die Nacht überstanden hatten – selbst Elva Berg und ihre Retter. Ob die anderen noch schliefen? Die pinke Wanduhr stand bereits auf 12:30 Uhr. Franzi kuschelte sich in ihr Bett. Heute würde sie alles langsam angehen. Die Wunden pochten noch immer leicht, aber der Schmerz ebbte bereits ab.

Neben ihrem Bett ertönte ein leises Schnarchen. Blake! Herr

Schierke hatte die Hausregeln etwas gelockert, da Blake nach den Ereignissen der Nacht nicht allein sein wollte. Franzi betrachtete ihn liebevoll. Das mit uns ist nicht aus, dachte sie. Es fängt gerade erst richtig an!

Die Türklingel riss sie unsanft aus ihren Gedanken. Schritte erklangen, dann hörte Franzi Stimmen.

»Du hast Schneid, dich hier blicken zu lassen!«, tönte Tiffys Stimme durchs Haus.

»Mama!«, rief Sindra aus ihrem Zimmer. »Mach doch nicht so einen Lärm! Ich brauche meinen Schlaf!«

Kim war inzwischen aufgestanden, tapste durchs Zimmer und öffnete neugierig die Tür.

»Falls du einen Kaffee willst, bist du an der falschen Adresse!«, sagte Tiffy laut und vorwurfsvoll zu dem Besuch.

»Ich möchte mich nur bei euch bedanken.«

»Das ist Elva Berg«, sagte Kim leise. Sie verschwand auf den Flur.

Marie schlüpfte nun auch aus dem Bett.

»Wir hätten dich in der Grube lassen sollen!«, rief Tiffy. »Nach allem, was du getan hast. Aber Gernot und ich lassen niemanden zurück – dein Glück. Ich hoffe, Björn erstattet Anzeige.«

»Ich gehe dann wohl besser«, sagte Elva.

»Moment!«, rief Kim. »Frau Berg, wir haben noch Fragen! Geben Sie uns fünf Minuten, dann sind wir unten.«

»Meinetwegen«, sagte Tiffy. »Aber ungebetene Gäste müssen draußen warten.«

»Kommst du mit?«, wollte Marie mit einem besorgten Blick auf Franzi wissen.
»Klar. Ich bin nicht aus Zuckerwatte. Ein paar blaue Flecken und Prellungen halten mich nicht davon ab, diesen Fall endgültig abzuschließen.«
»Es ist eigentlich mein Fall«, murmelte Blake. Er hatte die Augen noch geschlossen. »Ich wollte doch das Geheimnis des *Kalten Wolfs* aufdecken.«
»Dann nichts wie raus aus den Federn.« Marie schnappte sich eine frische Jeans. »Ich bin als Erste im Bad.«

Es dauerte mehr als fünf Minuten, bis die drei !!! gemeinsam mit Blake ins Freie traten. Dafür hatte Marie im Badezimmer ihren eigenen Turbo-Rekord gebrochen. Elva saß gebückt auf der Bank an der Weide. Sie wirkte viel zerbrechlicher als sonst. Ihr rechter Arm befand sich in einer Schlinge und sie trug ein Pflaster auf der Wange.
»Wir wollen keine Entschuldigungen«, sagte Kim anstelle einer Begrüßung. »Wir möchten Antworten.«
Elva nickte. »Meinetwegen.«
»Gemeinsam mit fünf weiteren Jugendlichen waren Sie vor gut zwanzig Jahren im *Club der Wölfe* und haben einen Schatz gesucht, stimmt's?«
»Woher wisst ihr das?«, fragte Elva erstaunt.
Kim ignorierte die Frage. Es war offensichtlich, dass sie wütend auf Elva Berg war. »Christian Mertens, der wegen seiner Haarfarbe den Namen *Roter Wolf* trug, war damals Ihr Verbündeter.

Er wurde bei der Schatzsuche verletzt. Wir wissen von der Rettungsaktion, jedoch nicht, was Sie damals auf der Wolfssohle entdeckt haben.«

Elva seufzte. »In einem halb eingestürzten Gang fanden wir einen Felsspalt unter einem Haufen Geröll. Ich leuchtete hinein und blickte in eine Höhle. Meine Lampe streifte gerade so eben etwas Glänzendes am anderen Ende. Es sah so aus, als würde dort etwas lagern.«

»Der legendäre Schatz des Raubritters«, sagte Marie.

Elva nickte. »Ja, das dachten wir damals. Wir versuchten, durch das Geröll hindurchzukommen – vergeblich. Der Gang stürzte ein. Zum Glück kletterten die anderen zu uns hinab und halfen dabei, Christian zu bergen.«

»Kam denn jemals raus, was in dieser Nacht passiert ist?«, wollte Marie wissen.

»Nicht wirklich«, antwortete Elva Berg. »Im Krankenhaus sagte Christian, er sei bei einer nächtlichen Klettertour bei den Klippen im Bergwald abgestürzt.«

»Aber Walter Hoppendiezel kannte doch die Wahrheit«, warf Kim ein. »Er hat Christian ins Krankenhaus gefahren.«

Elva wich den Blicken der Mädchen aus. »Hm.«

»Sie wollen ihn nicht verraten«, schlussfolgerte Kim. »Aber wir gehen davon aus, dass er unter dem Namen *Silberwolf* ebenfalls im *Club der Wölfe* war – allerdings Jahre vor Ihnen und Ihren Freunden.«

»Wölfe haben einen Ehrenkodex«, sagte Elva Berg. »Niemand verrät die anderen.«

»Darum ließ Herr Hoppendiezel Ihren Club auch nicht auffliegen«, sagte Kim. »Ich vermute, dass er einem von Ihnen nur das Tagebuch abnahm und die Grube zum Sperrgebiet erklärte. Er sorgte dafür, dass niemand den *Kalten Wolf* betreten konnte.«
»Und was passierte dann?«, fragte Blake.
»Unser Club löste sich auf«, erzählte Elva Berg. »Ein Jahr später zogen meine Eltern mit mir in die Stadt. Aber ich konnte die Vergangenheit nicht loslassen. Es war, als wäre ein Teil von mir zurückgeblieben. Nach dem Schulabschluss machte ich eine Ausbildung zur Zahnarzthelferin. Mein Erspartes und meine Freizeit investierte ich jedoch in eine ganz andere Ausbildung. Ich wurde Höhlenforscherin.«
»Hielten Sie denn Kontakt zu Ihren alten Freunden?«, fragte Franzi.
»Nur zu Christian. Durch ihn erfuhr ich, was in Wilderode passierte. Jahrelang waren es belanglose Nachrichten, bis Walter Hoppendiezel starb und Björn die Grube erbte.«
Kim sah Elva Berg vorwurfsvoll an. »Wie schön für Sie. Björn Bode weiß kaum etwas über den *Club der Wölfe*, ist zu vorsichtig, um selbst in die Tiefe hinabzusteigen, und glaubte nicht an den Schatz.«
»Und er schwärmte als Schüler für mich.« Elva Berg sah auf. »Ja, ich habe ihn hintergangen. Ich habe mich als Speläologin bei ihm beworben und mit ihm geflirtet. Und er hat mich blauäugig eingestellt.«
»Man sollte sich nie in die falsche Person verlieben«, sagte Marie. Ihre Wangen röteten sich leicht.

Franzi nahm an, dass sie damit nicht nur Elva und Herrn Bode meinte. Marie hoffte bestimmt, dass der Zauber wirkte, der sie von ihren Gefühlen für Jakob befreien sollte. Sie sah schnell zu Blake hinüber. Er lächelte ihr kaum merklich zu – und seine Augen lächelten mit.

»Kommen wir nun zu den Vorfällen der letzten Tage«, sagte Kim. »Ich habe da noch eine ganze Reihe von Fragen!«

Detektivtagebuch von Kim Jülich
Freitag, 16:02 Uhr

Heute ist unser letzter Tag in Wilderode und ich komme endlich dazu, meinen Bericht abzuschließen. Ich hatte noch gar nicht aufgeschrieben, wie es überhaupt zu der Sabotage kam. Eigentlich wollte Elva Berg nur den Schatz bergen und wieder verschwinden. Die Arbeiten im verschütteten Gang dauerten jedoch viel länger als geplant. Nacht für Nacht brachte sie Metallstützen in die Tiefe, räumte Felsbrocken aus dem Weg und grub sich durch Schutt und Matsch. Als wäre das noch nicht genug, trieb sich auch noch ein neuer Club der Wölfe in der Grube herum. Auf ihren Erkundungstouren kamen sie Elvas Schatzhöhle immer näher. Um sie zu vertreiben, setzte Elva auf Gruseleffekte. Doch die Jugendlichen ließen sich nicht erschrecken.

Elva geriet unter Druck. Der Termin für die erste Begehung rückte immer näher und der Gang zur Höhle lag inzwischen beinahe frei. Elva musste Zeit gewinnen. Sie blockierte den Förderkorb, tauschte neue Sicherungen gegen alte aus und bat Christian Mertens, den Termin beim Amt abzusagen. Er half ihr auch beim Werwolf-Spuk und borgte Lupo aus, den Tamaskan seiner Schwester. Elva verteilte sein Fell im Stollen und führte ihn bei Vollmond spazieren, um nächtliche Besucher fernzuhalten.

Doch der ganze Aufwand lohnte sich nicht. Elva Berg war so kurz vor dem Ziel, dass sie schließlich alles auf eine Karte setzte: Sie wollte die Bergung des Schatzes in einer einzigen Nacht durchziehen. Dafür musste sie dem Club der Wölfe den Weg versperren. Sie brachte einen morschen Abstieg aus Leitern und Podesten zum Einsturz und verstopfte einen der Abläufe, über die das Regenwasser in den Bach abfließt. Die Senken auf der dritten Sohle sollten überschwemmt werden – was auch passierte. Und nicht nur das: Elvas leichtsinniges Eingreifen sorgte unbeabsichtigt für weitere Einstürze. Der Club der Wölfe kehrte um – bis auf Franzi und Alex.
Obwohl sie sich am Arm verletzt hatte, schuftete Elva Berg inzwischen wie besessen. Sie schaffte es in dieser Nacht tatsächlich, den Zugang zur Höhle freizulegen. Aber ihre Enttäuschung war grenzenlos. Falls Ritter Wolfgang je eine Schatzkammer gehabt hat, befindet sie sich definitiv an einer anderen Stelle. Mit leeren Händen kletterte Elva Berg aus der Höhle hinab auf die Wolfssohle. Am Förderschacht wartete die nächste böse Überraschung: Es gab keinen Korb mehr.
Total erschöpft kletterte Elva Berg im alten Wetterschacht zur dritten Sohle hoch, wo sie ohnmächtig zusammenbrach. Die harte Arbeit, die schlaflosen Nächte, die Verletzung und die große Enttäuschung waren zu viel gewesen. Ein Glück, dass die Hilfe schon unterwegs war. Tiffy Schierke und Gernot Oberlachter haben Elva gefunden und aus der Grube gebracht. (Mein Verdacht: Die waren früher gemeinsam mit Elva im Club der Wölfe.)
Jedenfalls wurden alle gerettet. Und Björn Bode hat Elva noch nicht einmal angezeigt. Gutmütig, wie er ist, findet er, dass sie ihre Strafe schon erhalten hat. Sie hat für einen Schatz gelebt, den es nicht gibt. Bei Alex und Lenox war Herr Bode dann auch wieder nachsichtig. Sie haben sich entschuldigt und alles zurückgebracht, was sie für den Club der Wölfe aus der Kaue genommen haben. Außerdem haben sie angeboten, gemeinsam mit den anderen Wölfen bei den Aufräumarbeiten auf dem Gelände zu helfen.

Uff, das war – glaube ich – alles. Ich hoffe, ich habe nichts vergessen. Mit leerem Magen kann man schlecht denken. Ich gehe besser schnell runter in die Küche. Wir haben versprochen, Tiffy bei der Vorbereitung für das Buffet zu helfen.

Schierkes hatten gemeinsam mit ihren Besuchern ein üppiges Festessen gezaubert. Es gab gegrillte Maiskolben, Spieße mit Gemüse, Tofuwürstchen und Fleisch, dazu zwei verschiedene Salate, Dips und Kartoffeln. Hinter dem Haus stand nun ein langer Tisch, über dem Lichterketten gespannt waren. Auf den Stühlen und Bänken hatten die Mädchen Wolldecken und Sitzkissen verteilt. Flackernde Fackeln standen in den Beeten. Das Wetter war merklich kühler geworden, aber die Regenwolken waren weitergezogen.
Nach und nach trudelten alle Gäste ein: Björn Bode, das alte Ernchen, Gernot Oberlachter und sein Sohn Lenox sowie die Freunde von Sindra.
Die Erwachsenen öffneten geschäftig Getränkeflaschen und fachsimpelten darüber, was alles in Wilderode geschehen sollte. Die Jugendlichen verzogen sich bis zum Essen lieber zur Feuerschale. Franzi gab sich einen Ruck und sprach mit Lenox. Auf den ersten Blick mochte er ein gemeiner Idiot gewesen sein, aber er hatte inzwischen auch seine guten Seiten gezeigt. Sie war ihm eine Erklärung schuldig.
Lenox bewies auch prompt, dass er nicht nachtragend war. »He, du wolltest deinen Typen eifersüchtig machen. Darauf hätte ich eigentlich kommen können.« Er grinste. »Verliebte haben immer einen an der Waffel.«

»Waffelstücke haben ja auch Herzform«, sagte Franzi. »Mist. Jetzt habe ich Hunger!«

»Geht ja gleich los«, sagte Marie. »Uwe nimmt schon die Würstchen vom Grill.«

Der Abend senkte sich über das Land, der Himmel wurde dunkler. Noch war es zu früh für Sterne, aber bald würden sie auftauchen. Die hohen Fichten am Hang leuchteten im rötlichen Licht der untergehenden Sonne und über der Weide lag ein puderiger Schleier. Schneewittchen und Rumpelstilzchen standen am Zaun und beobachteten das Treiben neugierig.

»Gute Nachrichten!« Björn Bode trat zur Feuerschale und strahlte mit den Flammen um die Wette. »Die Begehung wurde heute nachgeholt.«

»Ganz ohne Förderkorb?«, fragte Marie.

»Gernot Oberlachter hat die Fachleute geführt«, sagte Björn Bode. »Er kennt sich da unten erstaunlich gut aus. Mit zwei Fachleuten konnte er zu der freigelegten Höhle klettern. Dort gab es dann eine tolle Überraschung.«

»Den Schatz?«, platzte Kim heraus.

»Nicht im herkömmlichen Sinn«, erwiderte Björn Bode. »In der Höhle befindet sich ein uralter Barbara-Schrein mit einer Statue. Quasi eine kleine Kapelle in der Tiefe. Die Bergleute haben ihrer Schutzheiligen kleine Gaben gebracht und Barbara um Schutz vor dem *Kalten Wolf*, bösen Wettern und Steinschlag gebeten. Die Statue hat keinen großen materiellen Wert, historisch ist sie aber durchaus von Bedeutung – zumal auch alte Ausrüstungsgegenstände gefunden wurden.«

»Das ist ja großartig«, freute sich Kim.

»Gernot hatte die Idee, den Höhlenraum mit dem Schrein im Keller des Museums nachbilden zu lassen. Ganz ähnlich, wie ihr es auch schon vorgeschlagen habt.«

Sindra nickte zufrieden. »Das ist eindeutig besser, als die Besucher in die Tiefe zu führen.«

»Führungen ins Bergwerk soll es trotzdem geben.« Björn Bode lächelte. »Das Amt wird wohl den Hauptstollen freigeben. Die Seitengänge und Schächte werden alle mit Gittertüren abgesperrt – so haben die Fledermäuse ihre Ruhe.«

»Dann wird es nie wieder Ausflüge in die Tiefe geben?«, fragte Franzi.

»Hin und wieder schon«, berichtete Herr Bode. Er klang plötzlich aufgeregt. »Allerdings nicht für Besucher, sondern nur für verschiedene Fakultäten der Universität. Die untersuchen das Gestein, nehmen Wasserproben, beobachten die Fledermäuse und erforschen Pilze und Algen.«

»Also Forscher statt Touristen – das geht klar«, sagte Sindra erleichtert. »Und wie steht es mit der Fledermaus-Ausstellung?«

»Euer Konzept ist großartig!«, sagte Herr Bode. »Das hätten erwachsene Profis nicht besser machen können. Umweltschutz, Nachhaltigkeit und spannende Wissensvermittlung scheinen alle zu begeistern. Die Anträge werden nun zwar komplizierter, aber das Ziel ist es wert.«

»Mein Vater kennt sich in dem Bereich aus«, sagte Lenox.

»Und ob«, sagte Herr Bode. »Er hat mir schon seine Hilfe angeboten. Schließlich ist er jetzt mit im Boot.«

»Wie kommt das?«, fragte Sindra.
»Christian Mertens gibt den Imbiss auf und zieht weg. Daher habe ich einen neuen Partner für die Museumsgastronomie gesucht. Drei freundliche Detektivinnen haben mich daran erinnert, dass es bereits Pläne für ein Erlebniscafé gibt.«
»Papa ist Feuer und Flamme«, sagte Lenox. »Die Bürgermeisterin hat er schon überzeugt und sein alter Freund von der Wilderoder Ferienhausvermietung hat auch Unterstützung angeboten. Sieht so aus, als würden jetzt doch alle zusammenarbeiten.«
»Meine Mutter muss noch überzeugt werden«, sagte Björn Bode.
»Das machen wir schon«, versprach Sindra.
»Wilderode lebt also wieder auf«, stellte Kim fest. »Mit einem Museum, Forschung, Umweltschutz und leckerem Essen.«
»Du hast die Pferde vergessen«, sagte Franzi.
»Natürlich! Unsere absoluten Stars!« Herr Bode klatschte in die Hände wie ein kleines Kind. »Die Planwagenfahrten mit Jorinde und Joringel werden ausgebucht sein! Immerhin werden wir sie als echte Helden ankündigen.«
»Fehlt nur noch die Wiederbelebung der freiwilligen Feuerwehr«, sagte Lenox. »Aber wenn die Erwachsenen das auch noch hinbekommen, trete ich in die Jugendgruppe ein.«
»Ich auch.« Alex kam aus dem Haus.
Lennox klopfte ihr auf die Schulter. »Du bist halt ein echter Kerl.«
»Ich bin ich«, erwiderte sie. »Aber du darfst mich Susi nennen.«

»Ich glaube, Alex mag Lennox«, sagte Kim, nachdem die Gäste gegangen waren.
Die drei !!! standen mit Blake an der Weide.
Franzi streichelte die weichen Nüstern von Rumpelstilzchen. »Ob er sie auch mag?«
Blake grinste. »Auch ihr checkt nicht immer alles. Sehr beruhigend. Alex und Lennox wären längst ein Paar, wenn er nicht so ein Angeber wäre. Er will um jeden Preis cool sein und das macht Alex nicht mit.«
»Er ist lernfähig«, sagte Franzi zuversichtlich. »Und Alex soll sich für ihn bloß nicht ändern.«
»Alex ist Alex«, sagte Blake. »Und vielleicht hin und wieder auch mal Susi, die Wölfin aus dem Untergrund.«
»Und du bist endlich wieder mein Blake.« Franzi schlang ihre Arme um seinen Hals. So, wie sie es im Förderkorb getan hatte.
»Wir gehen dann mal«, sagte Kim fröhlich und hakte sich bei Marie ein. »Tiffy und Uwe brauchen bestimmt Hilfe beim Abwasch.«
Franzi und Blake blieben an der Weide zurück. Über ihnen erstreckte sich der herbstliche Sternenhimmel. Ein herrlicher Geruch von Pferden, Wald und Lagerfeuer umgab sie. Franzi wollte ihre Gedanken mit Blake teilen und ihm endlich von den magischen Momenten erzählen. Doch gerade, als sie anfangen wollte, beugte er sich vor. Blake küsste Franzi – so, als wäre es ihr erster Kuss. Franzi wurde unendlich leicht ums Herz. Es war wie Schweben. Ein Feuerwerk aus Sonnenstrahlen, Glitzerfunken, Meeresrauschen und Frühlingswind. Alles

war vertraut und gleichzeitig vollkommen neu. Und da dämmerte es Franzi: Magie brauchte manchmal keine Worte. Sie und Blake hatten es geschafft. Ihre Liebe war aus der Tiefe eines Bergwerks aufgetaucht – hinauf bis in den siebten Himmel.

Kari Erlhoff schreibt ihre Bücher zwischen Ponyweide, Kaninchengehege und Bauerngarten. Bergwerke gibt es in ihrer Nähe nicht, aber die Kaninchen arbeiten fleißig an einem Tunnelsystem. Wilderode und der *Kalte Wolf* sind ein bunter Mix aus Fantasie und echten Erinnerungen. Bei Familienbesuchen im Harz zog Kari Erlhoff oft mit ihrem Vater los, um verwunschene Orte zu entdecken: halb verfallene Burgen, versteckte Höhlen, vergitterte Stollen, hohe Klippen und alte Köhlerhütten. Manchmal erzählte ihr Vater dann von Lotte, Schimmel, Luchs und Norle – den Pferden, die vor mehr als einem halben Jahrhundert an seiner Seite die Fichten aus dem Wald geholt hatten. Dieses Buch ist ihnen gewidmet.

Leseprobe

160 Seiten, €/D 11,– Preisänderungen vorbehalten
ISBN 978-3-440-17080-9

Ein Hausboot-Wochenende mit Stand-Up-Paddling – die drei !!! sind begeistert. Doch wer entsorgt hier seinen Müll in der Natur? Und dann entdecken Kim, Franzi und Marie auch noch einen versenkten Schatz. Ist das etwa Diebesgut? Bei einer wilden Verfolgungsjagd auf dem Fluss kommt es zum Showdown ...

Lies doch mal rein!

Die Freundinnen nahmen erneut Fingerabdrücke von den Plastikverpackungen. Es war keine große Überraschung, dass diese mit denen aus dem ersten Müllsack übereinstimmten.
Nachdem sie sich umgezogen hatten, machten sie sich mit dem Einkaufswagen auf den Weg ins Dorf. Zunächst kamen sie an einem Sportplatz vorbei, auf dem einige Jugendliche Fußball spielten. Sie bogen nach rechts ab und liefen auf die Dorfkirche zu.
»Da ist es.« Gegenüber der Kirche hatte Franzi den Tante-Emma-Laden entdeckt.
Ein grauhaariger Mann mit einer Schürze stand vor dem Geschäft und sortierte die Äpfel. Als er die Freundinnen mit dem Einkaufswagen kommen sah, zog er die Augenbrauen hoch. »Woher kommt der denn?«
»Den haben wir gerade aus dem Fluss gefischt.« Franzi deutete auf einige Algenreste am Griff.
»Das gibt es ja nicht.« Der Mann schüttelte den Kopf. »Ich habe vor einigen Wochen bemerkt, dass ein Einkaufswagen fehlt.«
»Guten Tag, Herr Schulte.« Ein braun gebrannter Mann in kurzer Hose ging an ihnen vorbei und betrat das Geschäft.
»Hallo, Herr Fricke«, antwortete der Ladenbesitzer und drehte sich wieder zu den Detektivinnen. »Danke, dass ihr mir den Wagen gebracht habt.« Herr Schulte schob den Einkaufswagen neben den Fahrradständer. »Ich muss mal sehen, ob ich den noch restaurieren kann.« Er lächelte. »Darf ich euch zum Dank einen Lolli oder eine Tafel Schokolade schenken?«

»Ja, gerne«, sagte Kim, die Süßigkeiten über alles liebte.
Zusammen mit dem Verkäufer betraten die Detektivinnen das Geschäft. Der braun gebrannte Mann hatte nur wenige Artikel in seinem Einkaufswagen und schob diesen bereits zur Kasse. Franzi schätzte ihn auf Ende vierzig. Ihr Blick blieb am Inhalt seines Einkaufwagens hängen. Darin befand sich eine Doppelpackung Schokopudding, genau von der Marke, die sie in der Mülltüte gefunden hatten. War das Zufall? Sie beobachtete, wie der Mann seinen Einkauf auf das Band legte.
Der Verkäufer nahm auf einem Hocker hinter der Kasse Platz und scannte die Waren ein. »Und? Wird heute wieder der Grill angeschmissen?«
»Jau! Bei dem Wetter ist das herrlich«, antwortete Herr Fricke. Er bezahlte und zog eine Plastiktüte aus der Hosentasche, in welche er seine Einkäufe einpackte.
»Den sollten wir unter die Lupe nehmen«, raunte Franzi ihren Freundinnen zu, als Herr Fricke an ihnen vorbei aus dem Geschäft verschwand.
Nun wandte sich Herr Schulte wieder den Detektivinnen zu. »Ihr sucht euch einfach was Leckeres aus. Das geht alles aufs Haus. Und dann könnt ihr mir noch mal ganz genau erzählen, an welcher Stelle im Fluss der Einkaufswagen lag.«
Franzi lächelte entschuldigend. »Wir müssen jetzt ganz dringend los.«
Sie lief zur Tür.
»Aber wir kommen später wieder«, versprach Kim und folgte Franzi. »Ich hätte so gern einen Lolli gehabt«, raunte sie ihr zu.

»Tschüss und danke.« Marie folgte den beiden.
Die Detektivinnen beobachteten, wie der Mann die Straße hinunter in die Richtung ging, aus der sie gekommen waren. Mit Abstand nahmen sie die Verfolgung auf. Herr Fricke bog auf einen Weg ab, der direkt am Fluss entlangführte und ging schließlich durch einen Zaun auf ein kleines Grundstück. Darauf stand ein kleiner Flachbau mit Fensterfront.
Die Freundinnen gingen hinter einer großen Pappel in Deckung. Franzi zog ihr Fernglas aus der Tasche. »Er ist gerade in einen kleinen Schuppen links neben dem Haus gegangen«, kommentierte sie, »jetzt kommt er wieder raus. Er hat einen Grill dabei. Jetzt reißt er die Würstchenpackung auf und lässt sie auf den Grill gleiten.«
»Du könntest Sportkommentatorin werden«, lachte Marie.
Sie beobachteten, wie Herr Fricke pfeifend durch die Pforte seines Zauns kam. Schnell gingen sie wieder in Deckung und lugten vorsichtig an der Pappel vorbei.
Der Mann ging auf das Wasser zu und feuerte die Verpackung der Würstchen hinein.
»Das kann ich nicht mit ansehen!« Ohne zu zögern, sprang Franzi hinter dem Baum hervor und lief auf Fricke zu. »Was machen Sie da?«

Krimi-Spannung und kreative Ideen

Nacht der Elfen

ISBN 978-3-440-17066-3

Paradies in Not

ISBN 978-3-440-17077-9

Einsatz im Pferdestall

ISBN 978-3-440-17065-6

Je ca. 192 Seiten,
ca. €/D 13,–

In diesen DIY-Sonderbänden findest du je einen spannenden Kriminalfall, bei dem Kim, Franzi und Marie clever ermitteln. Zusätzlich gibt es nach jedem Kapitel tolle DIY-Ideen – Schritt für Schritt erklärt und ganz einfach nachzumachen.

Viel Spaß!

diedreiausrufezeichen.de